林黛嫚的文學教室

寫作的美學與技藝

林黛嫚◎著

自序

從考試作文到文學寫作

赴香港為中學生及中學教師以「寫作與閱讀」為題做一場專題講座，交流時間有一位教師問道：如何提振學生的寫作動力？這個問題問倒了我，我自己的經驗是，自從我學會如何組織文字以表達自己的想法伊始，就是想寫就寫，寫作本就是感到內在有一股不得不發的衝動，如詩人瘂弦先生所言「拿起筆來你就是作家」。那麼，為什麼會有如何開發學生的動力之一問？因為，在脫離升學考試之前，學生必須為考試而寫作，加上寫作是沒有訣竅、必須日進有功的事情，所以在面對為了考試而寫作的學生面前，當老師的不得不思考如何讓學生喜歡寫作，願意經常去練習。

我從未想過自己會成為一個寫作的人，因緣際會接觸了許多書，那些文字構築成的書的世界，比在一九六〇、七〇年代貧瘠灰敗的我的人生要豐富、瑰麗得多，於是我一無反顧投入閱讀世界。我讀書時並不覺得是為寫作準備，如同史蒂芬・金說的：「我讀書並非為了學習寫作，我讀書是因為我就喜歡」。當這些書本的識見成為我內在的一部分，我拿起紙筆，像我看過的那些作家寫文章一樣，把我想說的話、想創造的故事寫下來。

我從未想過我會出一本書，告訴讀者寫好文章的關鍵。雖然我在大學裡教小說、散文創作，在一些社會性或校園裡的寫作班、文藝營授課，告訴那些想寫作的人我自己的創作經驗，如此而已。我沒想過有一天我會開一門「寫作訓練」的課，然後把我曾經傳授過、分析過的一些方法條理錄下，成為這一本書。

不久前看的一部日劇，劇中那位擔任資料科負責人的主管，在搜查會議上，慷慨激昂訴說即使是一個只管輸入資料的警員，仍然有熱情及能力可以參與搜查工作，追查出真犯人。我自己解讀這位主管的意思是，雖然只是管理資料的警員，只要有足夠的訓練、認真努力的精神，一樣可以像其他警員一樣，勝任辦案工作。寫作也是，只要有足夠的訓練、認真努力的精神，一樣可以寫出好文章。

回到寫作和升學考試的關係，作為一個教寫作的老師，我無法為學生創造出寫作能力，以及開發出創作的原初動力，但是我可以幫學生指出他們作品中珍貴的部分以及有待調整之處，寫完一篇，改過一篇，再開始下一篇，你會感覺到自己進步的那一點點。雖然可能只有一點點，卻也可以一點點積累成一大步。

在升學考試的階段，寫作就是作文，作文當然不必然是文學（雖然我也看過考試作文具有文學性）；為考試而寫作的目的也不在培養文學家（雖然現代文學作家也都經歷過寫考試作文的階段），但是為考試而寫作文章的階段會成為往事，跟隨我們一生的卻是文學作品。因為文學的力量讓人驚嘆，某位成年後才學中文的人被文學大師稱讚中文不錯、很清暢，但其實他詞彙有限，想華麗也不可能，他說大師的這句讚美「像是在誇一棟家徒四壁的窮人的房子體現出簡約主義風格」。簡單一句話形容得多妙，家徒四壁、窮人房子說的正是中文所學有限的人，而用簡約主義風格來描述，正顯示出取其長處的讚美是多麼高明。

坊間指導寫作的出版品甚多，尤其教導小學生寫作文、教導中學生寫出會考得高分的作文更是占滿書店及圖書館的書牆，提供給高中以上或大學生甚至社會人士的寫作指南卻不太多，一本具備實際創作能量，又有教學現場的經驗，把寫作的構思原理、寫作技巧等統整的教材，應是幫助學生擺脫不知如何學習、老師不知如何教學的困境的第一步。

沒有想要成為作家卻寫了許多文學作品；沒有想要成為語文教師現在卻在大學專任教職，時間把我推到這個點上，既然我寫作三十多年，編著有文學作品五十餘種，結合文學創作和寫作教學的能量，讓我期待能以有系統的寫作教學，帶著有能力的學生據此琢磨寫作藝術，即使是對寫作有興趣但不知如何精進的人，也可以獲得基本的寫作能力。而更重要的是，讓開設寫作課程的教師，有一本課程教材可以使用，這是我完成這本書的初心。

這一本書不只是寫作指南，不只是一位創作者的經驗談，更重要的是，希望把校園寫作從升學考試提升到文學的境界，寫作可以訓練，優美的寫作也可能達到。本書第一部分討論寫作是什麼、為什麼要寫作？提醒讀者（或是考生）反思寫作的意義；第二部分則循序漸進，提示寫好文章的關鍵，每一章節都有對應的文章，把寫作原理透過相關的作品賞析，達到深入淺出的學習效果；第三部分則選取時下最盛行的主題類型，形式優美、結構完整的範文，讓寫作原理能全面展示。

感謝幼獅文化洎瑜主編的堅持，努力督促著我完成這本書，也謝謝細心的編輯燕翔，讓我粗枝大葉的性格不至於創造太多失誤。

每一次在寫作訓練的第一堂課，我總是問學生，「寫作是什麼？」

有人說：寫作是表達內心想法、感覺的一個途徑；寫作是自己跟自己在LINE上連線；寫作是一段旅程，尋回內在的自己；當然，也有人說，寫作是分數，幫助我考上理想學校；寫作是紀錄，紀錄我至此的人生，讓我找到好工作……。不管你認為寫作是什麼，在這本書裡都可以找到屬於你自己的答案。希望這本書讓你認識創作的美學，以及學會寫作的技藝。

目錄

Part 3 散文類型與範文 165

Part 1

從「寫作」常見的三個問題說起

一、有「對的作文」嗎？

孩童從對文字和語言產生視覺印象開始識字，到國小老師教授拼音寫字、造詞造句，然後是看圖寫作，直到高中、大學的入學考試要考作文，我們的作文人生便是這樣一步一步展開。

只不過這個階段的學習，指導的人總是教我們寫「對的作文」。

什麼是「對的作文」？小說家、文化評論家楊照小學四年級看《作文範本大全》練習寫演講稿，還從中學到如何寫「對的作文」。方法是，拿到作文題目，先想要如何和「反共復國」扯上關係，將語氣激昂的「愛國報國」結語想好了，然後再以結語回頭推想前面該如何鋪陳。舉例來說，如果寫〈遠足記〉，不必費心想前幾天的遠足究竟發生了什麼事，專注先找遠足和「報國」的關聯，然後想到報國要有遠大志向，馬上接著聯想遠足去了白雞山，從山頂可以眺望遠方，那就既可以強調「登山強化我們的心志」，又可以「描述遠望時刺激出對大陸山河的懷念」，一篇「對的作文」很快就寫出來了。

楊照寫這段文字的用意，在於說明自己的作文人生開始於學會寫「對的作文」。寫對的作文應該是很有用的，幫助他在歷次的升學考試中拿到高分，順利進入第一志願的學校就讀。只是，他也不禁疑惑，寫這樣的作文除了博取分數之外，意義何在？後來閱讀更多更廣，許多純粹的、文學性強的作品，讓他忽然懂了，「原來這世界上還存在著另一種充滿趣味與挑戰的寫作——為自己，為表達自己所思所感而寫」。

我的寫作歷程應該也是從「對的作文」開始的吧！我性子急，又沒有人嚴格要求我把字寫好，每一項功課總是草草完成。在作文這方面，即使文從字順，那僅有的文采也因潦草的筆跡而被忽略了。直到小學五年級時，第一次有機會被老師指派參加作文比賽，過了這麼久，寫作內容已不復記憶，只記得為了寫好那篇作文，我在家裡舊報紙堆翻揀，從報紙上抄了一些「暴政必亡」、「莊敬自強」、「處變不驚」等成語。作文送出去後，我自己明白不會得到名次的，因為那是一篇只有文句堆積，連作者本人都看不懂要表達什麼的作文啊！

坊間的「作文搶分祕訣」

到底「對的作文」是什麼模樣呢？有一次我請一位國中會考和大學學測作文都拿高分的學生，寫下他的國文老師傳授的「作文搶分祕訣」，他列出以下四點：

(一)作文要高分，文章至少要有五百字；分段是必要的；第一段最好不要多於三行，且每段的行數不能差太多。

(二)文章要有起承轉合，隨時引用優美詞句，最好是從課本的古文四十篇中找出句子。

(三)凡有論點必須舉例，在第二段舉正例，第三段再舉反例，更有突顯主題的效果。善用時事或歷史，否則就要寫出親身經歷、感人肺腑的例子，並謹記時時扣題。

(四)首尾呼應會有強調的感覺，想不到要寫什麼時，就把作文題目再照樣造句一次。可以使用排比，引用偉人的名言佳句會更有力。

這個學生最後還加上一句，「雖然老師沒有強調，但是字寫得好看是必要的，字體也不能太小」。

這份作文拿高分教戰對策，對於在考試作文中獲取高分，應該有一定的幫助；我在學測、指考及國家考試的閱卷工作中看到的許多作文，大概也是按照這些寫作原則，套著公式化的寫作模式，像填充題一樣訓練出來的。

不過，為考試而寫作文，以及為自己寫作，畢竟是兩回事。坊間各種琳瑯滿目教導寫作的書，教材一本一本出版，教學光碟一張一張發行，也有許多標榜幫助學子獲取高分的補習班，如「統測創意作文班」、「國中會考作文衝刺班」、「國小情境式作文班」等等，如果寫文章像數學、英文、理化等學科去補習，那麼一旦在日常生活中不再需要應用，是不是也會用過即丟呢？

了解自己為什麼而寫，讓寫作回歸表達思想情感的單純目的，或許文學可以是陪伴我們一生的最大契機。

二、寫作是可以教的嗎？

有人說：寫作怎麼可以教？尤其是把寫作換成「創作」一詞，大家總覺得，文學創作是天才的事，怎麼可能被教得出來？

我們的孩子從小學才藝，音樂、舞蹈、繪畫，有些是成人對藝術美學的想像，如學拉小提琴、學彈鋼琴；有些是為了學校課業的輔助，如心算、書法及作文等，當寫作和語文教育連結，而以考試等第為目的時，寫作自然成為一種技藝了。

美國小說家瑞蒙・卡佛（Raymond Carver）的啟蒙導師約翰・加德納（John Gardner）也討論過這個問題。他在大學教創意寫作課程，常常有人問他，寫作這種事教得來嗎？可是卻沒有人懷疑音樂、繪畫需要拜師學習嗎？

約翰・加德納說：寫作是一種非常強調「天分」或「靈感」的藝術，以至於它不像其他藝術一樣，是可以把創作手法傳下去的。這樣的感覺也許有一部分是正確的，與繪畫或作曲相較，寫作技巧也許比較沒有那麼具體。

普林斯頓大學新聞學教授約翰・麥克菲（John McPhee）認為，「當人們說『你不可能教人寫作』，我總覺得，不是這樣的，他們不理解什麼是教學。寫作老師當然無法為學生創造出基本的寫作能力和原初動力，但是卻可以幫助學生看出自己作品中的優點和缺點。寫一篇文章會讓你意識到一些東西、收穫一些經驗，然後你開始下一篇，這樣，你就又進步了一些。」

約翰・麥克菲年輕時曾經當過游泳教練，教過青少年游泳，班上所有孩子其實都已經學會游泳了，但作為一個游泳老師，他還是想讓他們游得更好，游得更有效能，既節省力氣又提高速度。這個道理同樣適用於教授寫作，學寫作的人已經會寫字造句，也能組織文章，但教寫作的人還是希望他們可以寫得更好。

約翰・麥克菲認為，真正能教會人們寫作的，是寫作本身。寫作最好的老師，還是寫作。這也是為什麼學院裡的寫作課必須非常自主，你必須去寫作，然後在課堂上繼續學習，這才是最基本的寫作學習。

散文家王鼎鈞寫過《文學種籽》、《作文七巧》、《作文十九問》等算是提升寫作技巧的參考書籍，這幾本現在年輕人看到書名就覺得古板而不會去翻閱的書，但青年作家楊佳嫻則認為這幾本的內容很務實，讓她獲益良多。書中除了告訴讀者如何拓展文章，還包括如何經營、如何收尾。楊佳嫻國中時收到國文老師送的《作文七巧》和《作文十九問》，她覺得王鼎鈞這一系列的書不只是應付大考或參加比賽的技巧，運用在創作上也很有幫助。

確實，這些寫於三十、四十年前的所謂作文書，如今讀來仍能讓喜愛閱讀、有志於寫作的人觸動與感發，而能心領神會。王鼎鈞《文學種籽》裡提到，「寫作雖然不是木匠做桌子，不過剛起步的功夫可能和木匠做桌子差不多，一個尚未成為作家的人，可以把寫作當作一項技能、一門手藝來學練。便是這個道理。」這個意思便是認為寫作可以訓練，尤其對初學者來說，在學習寫作初期，像木匠做桌子或紡織工人學織布一樣得從基礎學起。

若只是教初學寫作者如何構思、如何避免犯錯，或許並沒有辦法讓他們成為更有趣或更有創意的人，但是卻有可能讓他們在這些練習寫作的過程中找到自己喜歡，或最適合表現的風格。所以，誰說寫作不能教呢？我是這麼想的。

三、為什麼要寫作？

寫作是一個創造的藝術，只給一個題目，我們就要將人、事、情、意、景、物結合，完成以後會讓閱讀者產生共鳴、感通，進而使作者的情意變成社會大眾的共同經驗。說起來容易，做起來才發現有多麼困難，尤其在寫作和考試劃上等號後，作文教學漸漸往公式化的訓練方法發展，即使讓學子在大考中得到高分，卻不能保證他們已經掌握了寫作的藝術。對於為考試而寫作的學子來說，「你為什麼寫作？」是個不需在意、探究的問題。

小說家白先勇於「他們在島嶼寫作」的紀錄片《奼紫嫣紅開遍》，一開頭的畫面是白先勇說出他為什麼要寫作。那是法國《解放報》記者訪問時問的問題，白先勇回答說：「我寫作是因為我希望用文字，將人類心中最無言的痛楚表達出來！」

英國小說家，喬治・歐威爾（George Orwell）在一九四七年寫的一篇文章〈我為何寫作〉，主要是回顧他寫作的經驗與歷程。文章中提出寫作的動機，除了謀生吃飯之外，還有：完全的自我中心、熱中於美的事物、基於歷史的使命，以及政治性目的這四個原因。

海明威說：「想當作家，最好的方式就是放下你手上的事，開始寫作。」雖然他自己成為作家的方式，是到巴黎去，跟一堆偉大的理論家學習。

也有天生的作家，如美國南方文學的代表作家芙蘭納莉・歐康納（Flannery O'Connor）被問及為什麼要寫小說時，她只說了一句：「因為我很會寫」。

幾乎每一位作家在開始寫作時，甚至在寫作的每一個階段，都會不斷地自省「我為何寫作」。畢竟寫作的理由，是寫作這件事開始及完成的重要關鍵。

我寫過一篇短文，簡單詮釋了寫作的理由，包括多位作家及我自己的寫作的理由。

〈寫作的理由〉 文／林黛嫚

我為何寫作？或許這是每一個寫作的人都得自問自答的問題。

早在一九七〇年代就以早慧之姿在文壇綻放異采，停筆四十年後又開始寫作的王定國，並且一舉拿下《聯合報》文學大獎；同樣崛起於一九七〇年代後期的蕭颯，擅長書寫青少年及女性議題，早期成名作《我兒漢生》等皆改編成電影而名噪一時，她在一九九五年完成《皆大歡喜》後，即從文壇銷聲匿跡。近日這兩位封筆多年的作家不約而同交出了新作品，既然在走過人生的種種可能之後，仍然回到寫作的道路，他們當然知道自己寫作的理由。

我為何寫作？英國小說家，寫出名著《一九八四》的喬治．歐威爾，說出自己為什麼寫作的四個理由，除了謀生吃飯之外，還有：完全的自我中心、熱中於美的事物、基於歷史的使命，以及政治性目的這四個原因。雖然前三個動機遠超過第四個，但他所處的背景，及日後的經歷，使他理解工人階層的存在，也使他對權威的痛恨加劇，進而讓他的寫作逐漸形成了第四種動機。這篇〈我為什麼寫作？〉迄今仍是文青們奉為圭臬的經典。

副刊的作者為什麼要寫作？稿費一定是最重要的因素，第一代渡海來臺女作家中，潘人木和孟瑤都曾坦承寫作投稿是不錯的副業，稿費可以貼補家用，既實惠又有精神寄託；王鼎鈞隨軍隊來臺後，無依無靠的他曾睡過公園、車站，後來給《中央日報．副刊》寫稿，稿費一千字才十元，但在一塊錢可以買饅頭、稀飯打發一餐的年代，十幾元可以過一星期；就連相較於這些前輩年輕許多的陳玉慧都說：「我為何寫作？那時我覺得寫稿有稿費，滿好的。」

我的第一篇小說寫於十八歲師專三年級那年的暑假，為消磨漫長假期，便從圖書館借了厚重的《紅樓夢》返回老家。之前也許看過兒童版、少年版的《紅樓夢》，也不是為了國學研究，純粹是當小說來看，假期的前端一口氣看完，放下磚頭重的原典，突然萌生創作的念頭。《紅樓夢》對我創作的影響，也許有文字與結構等等的啟蒙，但更重要的是在激發我的寫作欲望，當時心想曹雪芹的故事寫得真好看，我也要說自己的故事。因此寫下我的第一篇小說，那篇描述老人與少女似有若無情愫的小說

〈暮〉完成之後，投寄到中部的報紙《臺灣日報．副刊》。暑假還沒過完，小說就登出來了，六千字的小說一天發完。當我拿到那對學生來說算是天文數字的稿費時，我心想：原來我可以靠寫作維生。

只不過，到了像王定國、蕭颯不需要為稿費寫作的時候，驅使他們仍然持續創作的動力，應該是那一份初心吧。

為什麼要寫作？副刊主編不需要解決這個問題，每一位投稿副刊的作者，都知道自己為什麼要寫作，但文學課的老師需要，他需要告訴學習者，你為什麼要寫作？希望擺脫這些為了好玩、交作業、打發時間、賺稿費的寫作的理由，他們會記得，當初開始寫作的初心。

為什麼寫作？固然每一位寫作者都有不同的理由，但統整起來都有最基本的理由，那就是溝通。作家溝通的對象也許是普通讀者，如白先勇所說的傳達無言的痛楚給全人類；參加文學獎比賽的寫手，他溝通的對象是文學獎評審；父母寫信給孩子，子女寫信給父母，都是家人之間傳達親情的一種方式；學生寫作業是為了跟老師溝通，讓老師了解自己的學習成果……。問過自己為什麼寫作之後，掌握如何構思及取材策略，才能夠順利完成屬於個人的，寫作的理由。

Part 2

寫好文章的關鍵

自從白話文運動強調「我手寫我口」，意思是我們把說的話寫下來就是一篇文章，寫作似乎成為一件很容易的事。只把我們腦子中所想的內容寫下來，這是多麼容易的事，彷彿是指，只要會思考、會說話的人就會寫文章了。尤其現今網路發展快速，人人可藉由各種網路書寫並快速傳播，也讓全民寫作成為一種實質的存在；而過去需憑藉出版文學作品，始被稱為「作家」的時代，則一去不復返了。

民國初年，胡適標舉「文學革命」的概念，主張用純白話文寫作，是著眼於語言的功用在表情達意，他宣稱：「一切語言文字的作用在於表情達意；達意達得妙，表情表得好，便是文學。」（《建設的文學革命》）這個主張是具時代感而能符合當時國人的需求，用活文字才是偉大的作家，而所謂「活的文字」正是我們每個人正在使用的文字。

文章，原意「文」指文采，「章」指彰明，合起來就是「文采彰明燦爛」的意思，也就是說，文章除了具有表情達意的功能之外，還必須由字裡行間發露出煥然的光采。所謂「言為心聲」，語言是個人心中所思所想的外現，但心中所思所想不一定都要外現，會表現在外的一定會有理由，理由之一便是溝通，既然是為溝通，自然會選擇適當的表達方式，這就是語言藝術。但是語言的表達，經常只是求其言盡意至，以實用為最大目的，美感則在其次，文章則剛好相反，實用固然也是目標之一，但只是部分，不具備美感的文字，則無論如何稱不上文章。

「拿起筆來你就是作家」，這是詩人、聯副主編瘂弦某一場演講的題目，是一句聽起來令人振奮的話，但也有人覺得太誇張了，怎麼可能呢？成為作家有這麼容易嗎？瘂弦先生說：「一個人每天寫日記，持續不斷寫了三十年，這就是一個作家；看書做讀書札記寫了三十年，也應該是一位作家，因他太熟悉如何把思想變成文字了，只不過作品放在抽屜，算是抽屜裡的作家，但第一步拿起筆來是很重要的。」

王鼎鈞也說：「文章就是說話，寫文章就是寫你要說的話」。文章就是說話，這句話和「拿起筆來你就是作家」一樣，往往遭人批評，因為許多文學作品跟日常說話大有分別，所以要稍加補充，「文章是說話的延長，這延長一詞表示量的增加，形式的美化和功效的擴大」，「延長」就是讓說話經由增加、美化、擴大之後，更有藝術價值的寫作技巧。

正因為人人皆作家的時代來臨，「拿起筆來」換成「打起鍵盤來」，走出寫作的第一步固然重要，讓文章寫得自然、寫得優美、寫得具有藝術價值，也就是把寫作從會不會寫進化到寫得好，則更是重要了。

寫出一篇好文章，需要注意哪些重要的關鍵？接下來將從各個面向詳述，包含：寫作要把握的技巧有哪些？如何審題、立意、構思、取材？如何修辭、修改和補強？讓寫作變有趣的策略有哪些？寫作常遇到的問題要如何解決……，並將搭配範文，以實例作深入分析。

一、寫作情境的判斷

拿到題目開始寫作前，要把寫作元素之間的關聯思考清楚，這樣寫出來的文章才能條理明晰。

傳播學中的「六何分析法」（五W一H）經常被用來教導新聞寫作。所謂「六何」，是指——who誰、when時、where地、what事、why為何、how如何。用在寫作教學上串連起來說明，就是在文章中清楚交代：誰在什麼時間、什麼地點、發生了什麼事情，為什麼會發生這件事情，以及事情是如何進行的。這「六何」便是新聞事件中的重要事項，而且必須在新聞寫作中完整傳達。

從「六何」到「八何」

「六何說」是基本概念，如何運用和調整，學者們自有創意。林保淳認為一篇作品的完成，牽涉到五個重要環節：作者、文字媒介、作品、讀者與環境。「作者」是文章創作的主體，實際主導著一篇作品的完成；「文字媒介」是創作主體所運用的文學工具；「作品」則指主體所完成的具體成果；「讀者」是已完成作品的欣賞、閱讀與批評、詮釋者；「環境」則指特定的時間與空間。這五個環節相互依存、相互影響，只要能把握這幾個環節的重點，可說就掌握了寫作原理，跨出了寫作的第一步。他在《創意與非創意表達》第二章〈表達基本原理〉中深化「六何說」，而提出「八何說」，分別是：

(一)Who——自己寫文章，寫自己的文章

(二)Why——為什麼要寫文章

(三)Whom——寫給什麼人看

(四)Which——用什麼體裁來寫

(五)What——寫些什麼

(六)Where——寫作的空間

(七)When——寫作的時間

(八)How——如何寫文章

至於「八何說」的內容重點，略述如下：

(一)Who（自己寫文章，寫自己的文章）。每個人都有自己的樣貌、自己的心靈，藉由文章表情達意，自然也會產生不同風格的作品，文學之所以多采多姿、各領風騷，正是源於此點。所以若想寫出一篇通順的文章，首先必須掌握的觀念便是：是「你」（who）在寫文章，不是別人，而你是一個不同於別人的主體，因此，必須寫你自己的文章！網路時代的學生，很習慣在網路上下載、拼貼，寫一篇作文往往東抄一句、西截一段，弄得整篇文章結構紊亂、內容大同小異，完全不能呈現出作者個人的氣息，還不如放棄搜尋，尊重自己腦海中的原始靈感，老老實實寫一篇自己的文章，反而更能呈現獨特的面貌！

(二)Why（為什麼要寫文章）。這在上一節已經討論過。

(三)Whom（寫給什麼人看）。這是指在寫作時能意識到讀者是誰。關於這一點，我們寫作往往以得到讀者共鳴為前提，知道文章為誰而寫，便是很重要的一環。不過，「寫給什麼人看」並不是指要放棄個人風格、討好讀者，而是在作者與讀者間求得平衡，既能符合創作者的主體性，又不至於忽略了讀者的需求。

(四)Which（用什麼體裁來寫）。什麼樣的內容，選擇什麼樣的表現形式，這就是「用什麼體裁來寫」。當你想抒發一時微妙的情緒，也許新詩可以謳歌出你的喜怒哀樂；當你想說一個情節複雜、人物眾多的故事時，小說或許是適合的體裁……。坐在電腦前要開始寫作時，首先要考慮的便是：你要寫什麼體裁的文章？確定了範疇，就必須遵守那種體裁的規範，小說要像小說、散文要像散文，論述說理的論說文就要減少抒發心情的美文，以免削弱文章氣勢，當然，熟習之後，若能出入於各種寫作的形式，自然也能創造出屬於自己的特殊文體。

(五)What（寫些什麼）。這個問題是最基本也最難回答的，必須結合為什麼寫作、寫作是什麼，還有(八)How（如何寫文章），這和每個人的習癖秉性相關，才能整理出一個具體的內容，我們將在下一節再進一步詳述。總之，「作品是一種世界，在大地與天空之間展開」，只要你想表現、敢表現，此時的大地與天空，已經是作家作品裡的大地與天空了。

(六)When（寫作的時間）與(七)Where（寫作的空間），這對作者的意義，不過是時機和場合，即「什麼時間在什麼地點寫作」。雖然也可進一步衍生為「是什麼時代的人，說什麼時代的話」的創作原則，不過在資訊發達，網路世界無遠弗屆的二十一世紀，何時何地已經無法規範作者了，不管是具象的形體或是抽象的心靈，都是可以出入古今、超越時空。

簡化版的「四何說」

「六何說」可以擴充為「八何說」，當然也可以合併。普義南把「八何說」簡化為「四何說」，即刪去where（寫作的空間）、when（寫作的時間）和who（自己寫文章），合併which（用什麼體裁）和how（如何寫文章），留下來的「四何」是動機（why）、讀者（whom）、內容（what）和方式（how）。

動機、讀者、內容、方式，這四者並非平行關係，而是有主從次序：動機↓讀者↓內容↓方式，我要選擇什麼體裁來寫，用什麼方式來寫，跟寫作的動機、讀者、內容是息息相關的。寫作這件事進行的步驟應該是先考量寫作動機（why）↓

明白讀者的解讀能力與需求（whom）→分析目的、受眾，進而建構有效的寫作內容（what）→運用最便捷、效益強的方式來陳述（how）。

譬如現在中學生、大學生在求學過程中可能會需要撰寫「寫作計畫書」，也許是為了入學推甄的面試資料需要；也許是為了報考研究所，提出自己的寫作計畫，作為入學後研究或創作的方向；也許是對文學有興趣，想向文化公部門舉辦的年金活動展現自己的寫作動能，以爭取獲得一筆寫作年金，那麼以「寫作計畫書」為例：

(一)動機（why）：展現寫作的可能。

(二)讀者（whom）：評審或教授。

(三)內容（what）：就自己的這個命題充分說明將如何發展與完成。

(四)方式（how）：完整、周延，又具有創意。

閱讀你的「寫作計畫書」的讀者都是對文學作品非常熟悉的人，所以你的計畫要表現得非常專業，而且正因為這些讀者大多是年長的學者，你的計畫更要具有創意，並且展現年輕人的活力，才能看出這個計畫的可能性。也就是說「寫作計畫」最重要的是架構一個美麗的藍圖，讓專業讀者發揮想像力，把沒有完成的部分想像出來。分析讀者的特質，才能選定最有效率的表達方式，這也是寫作的一個重點。

非實用的文章，可以利用「四何說」、「六何說」、「八何說」來判斷寫作情境，具文學性格的作品，也可以這樣公式化分析嗎？其實透過這樣的分析方式，能讓我們更清楚作者要如何藉由架構文章來傳達意旨，以下面這篇〈丈夫不見了〉為例——

(一)動機（why）：日常一天，丈夫去上班，主婦在揣想「丈夫會不會不見了」當中，把一天的時光消磨掉。

(二)讀者（whom）：普通讀者。

(三)內容（what）：從「丈夫不見了」這個假設命題出發，呈現尋常主婦的家庭生活。

(四)方式（how）：以其他作家的作品交代「丈夫不見了」的命題並非空穴來風，再從鐘點清潔工及拾荒老婦映照出主婦的日常。

首先作者選擇一個特殊的角度來看待一個平凡的議題，每個人的一天都是如電視臺一再重播的電視劇，在重複、照舊的過程中尋找樂趣。那麼一如往常的生活中，走在安穩的軌道上這種平凡的幸福，是要透過生活可能逸出常軌，才會發現與體認的。普通讀者在這個故事中，不覺懷想自己的平日與假日是否也是在這種常軌與出軌中掙扎，進而感受到那種完整、周延的創意。

〈丈夫不見了〉　文／林黛嫚

如常的時間醒來，甚至比手機裡設定「每天」會鬧響的鬧鐘還早了兩分鐘。身旁大床的另一邊已經空了，只留下凌亂的被褥，丈夫出門上班了，如果不出差，傍晚下班時間就會回來。但也可能他昨夜根本不在家，我總是任那被褥凌亂著，那兒也許整齊摺疊過，不管整齊或凌亂都不能作為曾經有人睡躺過的證據。

我偶爾凝想上一次丈夫躺在身旁是什麼時候？一天前、一週前、一月前或一年前……？

法國小說家瑪麗・達里厄斯克的《丈夫不見了》，主角是一個結婚七年的平凡主婦，每到傍晚七點，就倚在窗邊等待丈夫回家。丈夫是收入穩定的房屋仲介業者，每天盯著辦公室裡的電腦，工作到七點。他們過著平淡卻知足的婚姻生活，直到某一天，丈夫沒留下隻字片語就不見了！她不知道丈夫為何不見了，隨著時間流逝，丈夫的氣味一天一天流失，連同對生命的熱情，都隨著丈夫的失蹤而一點一滴消散了。

平路《東方之東》裡，敏惠的丈夫也失蹤了，妻子到北京去追查臺幹丈夫，滯留期間，收容了一個被公安追捕的民運男子進而發展出戀情，最終人財兩失。和妻子尋夫的經過並行的是丈夫未寄的家書，透過一封封書信，丈夫細述他選擇拋妻自毀的心路歷程，敏惠的丈夫其實是為了保護一個誤犯刑責的大陸女子，雙雙隱姓埋名逃到澳門，即使敏惠知道了丈夫不見的真相，但丈夫的失蹤是婚姻的叛逃嗎？妻子的追尋，是奔向自由的旅程嗎？作家有沒有說清楚？至少我這個讀者沒有看清楚，如同瑪麗也沒有說清楚，丈夫為何不見了。

很多人告訴我，隨著年紀越來越大，下床時要在床上動動四肢，再緩緩下床，以免意外發生，我性子急，又是只有睡覺才會上床躺下的人，醒來後很難繼續躺著的姿勢，經常是一躍而起，然後就想起不要立即下床的叮嚀，彼時彼刻我是應該馬上又躺下，動動再起來？還是既然已經下床了就算了，下一次再記得那善意的囑咐吧？還有，到底說年紀漸長是指幾歲？四十、五十、六十還是七十？然後要動個幾分鐘才算安全呢？再者，所謂避免意外，是指什麼樣的意外？如果有一天真的在一躍而起的粗暴（或靈巧、伶俐）動作之後，猝然摔倒，那麼結果會如何呢？家中靜謐無人，手機又離得很遠，我能自己站起來？還是得躺著等待救援？

一天的開始就充滿疑問，孔夫子說四十而不惑，我到底要到幾時／幾十才會不惑呢？

從樓上臥房走到樓下客廳，丈夫去上班，孩子們去上學，我一個人，開門迎進每週來打掃一次的鐘點清潔工。她也一個人，丈夫不知什麼原因離去了，她瘦小的身軀似有無窮的力量，刷洗、背扛、搬挪，無所不利，環繞著她身上也有許多神祕可以發展的故事。丈夫不見了，她把兒子送到東部某公立的森林小學就讀，每週搭火車去探望。她以兒子為重，辛勤工作的每一分錢、工作之外的每一寸時光都用在兒子身上，偶爾請假也是為了處理兒子的事。一個年輕的單親媽媽，把一生的希望都寄託在兒子身上，這種似乎是上世紀五〇、六〇年代才會發生的事，在青年就業情況困難的二十一世紀，這個媽媽要扛負自己以及兒子的未來，不知道是否如她做起家事來那麼舉重若輕？如果那兒子長大後心中銘刻著母親的犧牲與奉獻，還算是個美好句點，如果不是呢？

鐘點清潔工離去後，我為自己就著冰箱的食物弄了簡便午餐，電腦裡的滑鼠游標停在一個刪節號後面。

午後，為了離開緊盯電腦的姿勢，我去後山散步。昨天（也許是上星期，也許是上個月）下午，我和丈夫去後山的步道健行，在步道入口遇見那位點垃圾成金的阿婆，遠遠看見阿婆蹲在路邊，髒汙的蓬裙攤在地上，丈夫要我停步，他認為阿婆在就地便溺。

過了三十秒丈夫和我才繼續往前走。丈夫跟阿婆打招呼，我們走這步道已久，阿婆在這兒整理她撿拾來的垃圾也已久，成了不知名姓的熟人。經過時，我特意看了一下她方才蹲踞過的角落，果然有一灘水順著傾斜的地勢流散，這兒是荒郊野外，她大可尋個更隱僻的處所，她卻選擇可能被撞見的路邊，也許對於拾荒老婦來說，也沒有什麼必須遮蔽的，守護她的財產比尊嚴更重要。

下班時間，丈夫回來了，他並未不見了，也沒有失蹤，還在我身邊，一起料理食物，一起用晚餐。

吃過飯，我收拾碗盤，丈夫打開電視，看那他至少已經從頭到尾看過五遍的卡通《棋靈王》，片頭歌還沒唱完，丈夫說：「我不必看，就知道今天要演什麼。」我說：「你不是『不必看』，而是『已經看過了』。」

丈夫認可我的說法，原來那電視臺一再重播的《三國》、《康熙王朝》、《後宮甄嬛傳》仍然有市場，是因為有許多人需要一再重複的故事，因為那「已經看過」的內容，讓人有「不必看就知道」的樂趣。

時近午夜，丈夫上樓就寢，我會和電腦再共處兩個小時，到了睏意自然產生的時候，我也會上樓。看著丈夫熟睡的臉孔，聽著那規律的鼾聲，在他身邊躺下，想起兩度獲得布克獎的英國作家柯慈，在他自傳色彩濃厚的小說《少年時》寫道，小說裡的主角約翰在星期天的早晨看著報紙，內心非常驚慌，不知道如何打發掉這漫長的假日時光，不過我知道，我輕易地把「今天」殺掉了。

二、文章的核心——主題

命題作文vs.自訂題目

透過「六何說」、「八何說」、「四何說」，我們對寫作情境有所認識並且能夠掌握之後，選定體裁動筆前，接下來要為文章找一顆心。主題是文章構成的重要元素，主題就是文章的心。

我們從小習慣寫命題作文，依據作文老師或出題考官所訂的題目，然後開始振筆發揮。沒有題目的寫作，常常讓學生不知如何開始。一直到現在，中文系學生的寫作訓練課程，評分的重點是期末交一篇習作，從開學日到學期末，我得不斷進行這樣的對話：「習作的題目是什麼？」「沒有題目，自己訂題目。」問題與答案不斷重複，學生也是一再確認後才相信老師並沒有訂題目。

離開為考試而寫作的階段後，所有文章都是為自己寫的。真正寫得好的文章不會是命題文章，因為那不是發自內心想寫、不是為自己而寫，但若遇到非寫不可的命題文章，也只好換一副思維，把別人的命題當作謎題，寫一篇文章來逐步解謎。

王鼎鈞和學生談作文時，用了一個譬喻，他要學生找一根細繩子，繩子的一頭拴上一個鐵環，另一頭拿在手裡，一面把鐵環拋出去，一面把繩子拉緊了，鐵環就會在空中飛著畫圈圈。學生聽了高興地搶著回答：「我知道，那是離心力和向心力」。但是，這跟作文有關係嗎？

他在《作文十九問》一書中提到：「作文構思的時候，一方面要抓緊題目，一方面要能向四面八方延伸。題目，就是『心』，文章構思就是在向心力和離心力之間取得平衡。只有離心力固然不行，只有向心力也是玩兒不轉的。你手裡那根繩子的長度，也就是文章的長度，寫長文章，題目多向前延伸一些，圓周大一些；寫短文章，題目少延伸一些，圓周小一些。」

前面提過胡適說的：「一切語言文字的作用在於達意表情；達意達得妙，表情表得好，便是文學」，這句話簡單明瞭，也言之成理，但是如何才是／才能達意達得妙、表情表得好，那就不是三言兩語可以說清楚的。

首先要了解什麼是情意，情意就是「情感思想的合稱」，也就是王鼎鈞說的「文章的心」。「心」、「核心」，或說「圓心」，指的就是寫作的主題。

主題，也可稱為「立意」，立定文章的意旨，有了主題，一切形式結構和語言文字，都要以此為焦點。譬如要進行採訪報導前，需要先想好訪問主題，才能依照主題去草擬訪問題綱；若求職需要寫自傳，也要先想好自己是應徵什麼工作，所有個人背景，都環繞著該項工作的特色去發揮；要寫研究論文，也要想好這論文要解決的學術疑難是什麼。立定宗旨，如同胸有成竹，有了主題，也才能規範文筆的行進路徑，不至於岔開路線，橫生枝節。

確定文章的意旨，先想好在這篇文章中要表達的核心內容，接著才選擇寫作材料、研究結構章法，以及留意語言修辭，如此完成一篇優美的作品。

了解立意的重要性之後，接著就要問，那麼主題如何立定？主題從何而來，不管是「八何說」或「四何說」，內容（what），也就是寫什麼，都是最難回答的問題。寫作有原理，但寫些什麼卻是無法以原理、公式來說明，寫作的表情達意都是表自己的情、達自己的意，這個「自己」是從成長背景、生活經驗、情緒、讀書、思考、個性……加以年歲的鍛鍊而形成的，而主題就是要從這麼獨特的狀況中提取出來。因此，只能藉由增進生活和感受生活的各種能力，去充實腦中圖書館的各種主題。

翻轉命題

面對命題作文，更高明的作者還能翻轉命題，成就自己的創作發明。譬如我們從小到大寫作文會遇到的題目〈我的志願〉，大人總是很想知道孩子要立定的志向，用意應該是藉由了解孩子的想法予以引領、指導，步向大人以為的正確方向。作家林清玄曾經說過，有一天他的父親問他：「十二啊（林清玄的小名），你長大以後要做什麼？」面對父親的問題，他回答：「我長大以後要當作家，寫文章給人家看。」父親問：「作家是幹什麼的？」林清玄說：「作家就是坐下來，寫一寫字寄出去，人家就會寄錢過來。」父親很生氣，當場給了他一巴掌：「傻孩子，這個世界上哪有那麼好的事情？如果有那麼好的事情，我自己就先去做了，不會輪到你！」在林清玄的家鄉，三年來從來沒有出過一個作家；在那個年代，一個小孩子突然想要當作家，是一件很奇特的事情。雖然林清玄並沒有忘了他想當作家的初衷，而且能勤力以赴，終於成為散文大家。林清玄的故事呈現了「志願」這件事，在華人社會的重要性。

我曾寫過一篇題為〈志願〉的短文——

〈志願〉　文／林黛嫚

你才這個年紀，就要你立定志願，那也太苛求了。我也不是因為看了電視上那才五歲卻能搖臂擺首唱完整支流行歌的小女孩，而期盼有個小大人似的小孩，我只是希望你能早一點知道自己要做什麼、在做什麼？人生苦短，要做的事那麼多，如果早日找到自己想要的人生道路，可以省下許多繞路、彎路。

那天我問你：長大以後要做什麼？你一臉茫然，你還只是知道玩樂、吃食，雖然喜歡畫畫卻不知道如何以繪畫藝術維生的年紀，你想了想，說了個取巧的答案，「我要跟媽媽一樣」。跟老媽一樣是做什麼呢？你卻又說不出來了。哥哥一逕嘲笑你，「你想跟媽媽一樣不一定做得到」，哥哥這是另一層次的問題，立定志願時，當然不能保證這志願一定能實現，那只是一個方向，你選擇走下去的方向，走著走著，是柳暗花明還是煙雨濛濛誰也不知道。

後來我試著引導你，「你也許可以當老師」，你的回答讓我和哥哥都笑了，「老師有男生嗎？」哥哥笑你無知，當然有男老師，我卻笑你可憐，這社會意識型態的性別分工做得多澈底，讓整座幼稚園裡都沒有男老師，讓你這當老師的志願顯得多可笑。

那麼，那嘲笑你的哥哥的志願是什麼？他的答案很標準，如果在小學三年級的班上做意見調查，將來想當老師的舉手，一定可以獲得半數以上的認同？餘下的半數可能是當工程師造車造船造飛機，或是當醫生濟世救人。老媽呢？老媽和哥哥班上那半數同學一樣，在小學二年級的時候，我就立定志願，將來要當老師。

是老媽遇上一位很好的啟蒙老師，而想像她一樣百年樹人嗎？是老媽有個姊姊當老師於是有了好榜樣可仿效嗎？是老媽和一般社會大眾相同的意識型態，認為女生當老師最好了？還是老媽天生好為人師？

都不是，而是早熟的我，看到貧窮的家庭環境，而做出的決定，只有國中畢業就讀公費的師專才能找到出路，距離這個志願二十多年後，距離當老師而又離開教師這個跑道十幾年後，老媽可以告訴你，至少到今天為此，這個志願是正確的。

那麼你們又要問，為什麼志願不是人生的理想，而是尋求生活方式的一個過程和手段？不是這樣解釋，老媽也從未後悔讀師專當老師，那一段求學生涯，那在小學教書的四年，都是老媽人生甜蜜回憶的一部分。甚至可以說，當老師確實是老媽的志願，志願之一，那個階段我努力朝向我的志願前進，只是後來，老媽又有了新的志願，有了另一個奮鬥的人生標的，於是我轉換跑道，直到今天。

老媽的例子不重要，每個人的人生不一樣，人生價值的選項不一樣，選擇的時空背景也不一樣，你可以從今天開始，試著立下志願，試著為你的人生尋找方向，老媽要以一句話和你們分享，那是前人的智慧。

德國社會學家諾伯亞伊里亞斯在其著作《臨終的孤寂》中提到：「人的一生所有作為的意義，在於對於其他的人，是否也能產生對等的意義。換句話說，不僅是要對當下的人有意義，也要對人類社會發展、那一代接一代的、屬於未來世代的人要有意義。」

你準備好要立定志願了嗎？

我們從小寫作文經常會碰到的題目，像是〈我的家庭〉、〈我的父親〉、甚至就是簡單的一個〈我〉，這種很原始的題目還包括〈我的志願〉，也許是老師對孩子們長大後要做什麼總是十分好奇，常常要透過這個作文題目來了解吧。但是這個平凡無奇，或者說寫過太多次而厭煩了的題目，如何能夠寫出不一樣的內容，吸引說不定也看煩了這類題目的讀者願意去閱讀呢？

在這篇〈志願〉的短文裡，我問那還在讀幼稚園的小兒子長大以後要做什麼。「志願」這個問題可以理解為一個人的人生志趣，像是設計一座金字塔，寫一部交響樂，或是發明樂高玩具，甚至只是用陶笛吹奏簡單曲子這樣的事，但大部分人想得到的回答都是將來想要從事哪一個職業。五、六歲的小孩就會知道自己的志願嗎？或者，這個時候立下的志願就會是未來的人生嗎？其實不然，我雖然知道，仍然這樣問是因為「志願不是人生的理想，而是尋求生活方式的一個過程和手段」，我透過這個問答，希望孩子知道尋找人生方向的重要性。

簡單的一個題目〈我的志願〉，也可以寫出豐富的內容，從一般人都認同的社會價值——女生當老師，男生當醫師或律師，談到社會學者的期待「人的一生所有作為的意義，在於對於其他的人，是否也能產生對等的意義」，我給了〈志願〉這個平凡的題目一個不一樣的詮釋，只要把個人對志願的認識加以闡釋，並加入個人經驗，即使是普通的題目，也可以寫得具有可讀性。

這篇文章最後簡單一句「你準備好要立定志願了嗎」，既是對主題的呼應，也表示經過這一番討論之後，我們都知道志願是怎麼回事，所以，現在，讓我們一起來立定志願吧。結語簡短有力，也為這個平凡的題目，來個精彩的收束。

寫作，從題目開始

本書開場時提到楊照背《作文大全》來寫作文獲得高分，但是大部分的作文範本的寫法都有一個固定公式，如果是記敘文或抒情文，開頭一定是「光陰似箭，歲月如梭，不知不覺……」，如果是論說文，開頭先引「國父說」、「總統說」或是「林肯說」，用偉人的名言開場，結局則來上一段慷慨激昂要堅定志向、貢獻社會、報效國家等口號式的文句，這樣的寫法流於形式，缺乏想像力，又沒有個人色彩，充其量只是作文範本的樣板而已。

平凡、簡單甚至有點俗氣的主題，只要用個人的經驗，獨特的觀察視角，展現自己的立意原則，也可以有不平凡的表現。

寫作，應從題目開始，即使是〈無題〉的文章，這也是題目，我們對一篇文章有期待，通常來自題目表面所給予的明示或暗喻，一篇〈無題〉的文章，讓人對既然無題，那要說些什麼同樣充滿期待。有時，題目在此，用意卻在彼，更多的是閒話閒說的趣味。文章的題目若為〈天空〉，我們腦海中出現天空的畫面，有時晴天，有時雨天；題目若為〈大地〉，土地生長的植物以及在大地上活躍的動物與人類，便構成了豐富的畫面。在哲學家海德格的描述中，文學是這樣的一種景觀，它在大地與天空之間創造了嶄新的詩意的世界。

老師們在課堂上讓學生寫作文，通常是給一個題目，即使沒有指定題目，也是要學生先想自己想寫的題目，然後根據這個題目展開敘事、抒情或議論。但我自己寫作時卻不一定是這樣的順序，有時是一個我想寫的故事或感覺，在我腦海中有一幅畫面或一段情節，於是把那一點點畫面或情節發展成文章，在書寫的過程中，主題和寓意自然就順著文字段落走向立體起來，寫到一半或是快完時，題目自動跳出來也是有的。

我在作文教學的課堂上，也讓學生做類似的練習，先做一個詞語連接的遊戲，集體製造了數十個詞語，接著讓學生自己選擇十個特別喜歡或有感覺的詞語，再開始寫一篇包含這十個詞語的小文章。學生一開始只是在眾多詞語中對這幾個詞語有感受，但為了寫文章，要找出這十個詞語彼此之間的屬性關聯，讓他們互相激盪，相互調動，順勢交鋒，然後是如何選擇，如何發展，如何連結……，整個思索、考量的過程也都組織進這一篇文章裡了。

譬如我用的十個辭彙是：臉書、遠近、網站、疏離、互動、更新、隱私、自動提醒，真誠、生日祝福，這些看起來有一點點關聯，卻似乎是完全獨立的辭彙，也可以發展成一篇文章——〈遠與近〉。

〈遠與近〉 文／林黛嫚

學期的最後一天，兒子垂頭喪氣回來，他的生日在寒假開始的那天，之前同學們忙著準備最後一次段考，一考完就立即放假，於是同學們來不及想到對他說聲「生日快樂」。

後來他上了臉書，看到很多好友祝他生日快樂，心情才稍微放晴。我看見了，說：「這不是沒事了嗎？臉書的威力可是無遠弗屆啊！」兒子想了一會兒，說：「臉書上每個人都有生日資料，時間到了網站會自動提醒，所以這些祝賀只是機械式的回覆，就算那祝福是真心的，也因為不是主動要記得好友的生日，真誠的程度不一樣。」

兒子繼續說，「前一陣子，臉書上大家在討論，臉書的發明到底是讓人與人的關係變近還是變遠？討論了半天，並沒有結論。雖然在臉書上和陌生人聊聊，往往聊熟悉了，就感覺變親近了。不過，從生日祝賀看來，把記得重要日子的功能交給電腦，看來還是讓人際關係更疏離了。」

我想到不久前的一則新聞，標題是「曝隱私更疏離，臉書在美退燒」，臉書一大賣點是與親友建立更親密的連結，但不少人卻認為，加入臉書反而讓他們感到更疏離。一位臉書愛用者說，「我不再打電話給朋友，我只是查看更新，觀賞他們的照片，這樣感覺好像就在與大家親密互動了。」看來兒子的理解似乎有點道理。

文章只能有一個主題嗎？

都說創作是自由的，尤其是散文，結構鬆散，自由度更高，那麼為什麼要談創作的紀律呢？所謂紀律是指約束哪一方面呢？

我在批改同學習作時，常常會發現一個共同的問題，那就是同學寫作時，對於自己想表達什麼主題，並不十分確定，所以寫著寫著，就忘了這篇文章所為何來。

甚至有的同學，一開始寫的是一個主題，中段時轉到另一個主題，結尾時又想到自己原來想寫的，於是又轉回來原先的主題，這樣的作品創作焦點不集中，雖說散文是形式自由的書寫，但若是太自由，反而讓讀者無法清楚知道作者的用意。譬如寫一篇題為〈夢魘〉的文章中，主要是要表達現代人被手機操控的現象，但卻花很多篇幅敘述手機的好處，對於手機如何變成夢魘的過程卻鋪陳得少，中間且一度忘了主題，轉為敘述自己的學生生涯，原本一個很好的創作題材，卻因為沒有謹守創作的紀律，反而成為主題渙散的失敗作品。

這意思並不表示寫作一篇文章只能有一個主題，很多作品都有數個主題，寫親情也可兼及友情，詠物也可敘事，只是在還不能把一個主題掌握好時，最好還是嚴守紀律，先把一個主題表達清楚。下面這篇〈幸福的可能〉，主要是敘寫青春期的男孩面對挫折時，如何處理自己的情緒，但開場從憂鬱症說起，也探討了現代人的低潮狀況，而題名「幸福的可能」亦是從男孩和父母生悶氣而能自己找到抒發的管道，歸結出年輕人的可塑與可能。

〈幸福的可能〉 文／林黛嫚

一個年少以來的好友，有一陣子為憂鬱症所苦，我問他那是什麼樣的景況，他告訴我，每到深夜，就感覺到頭上飄來一片烏雲，將他整個人籠罩住，讓他感覺人生一片黑暗，沒有一絲光線，自然也沒有絲毫歡樂，彷彿在告訴他，要這樣的人生做什麼？準十二點發生，像是灰姑娘的傳奇故事，凌晨十二點的鐘聲一結束，馬車變回南瓜，那富麗繽紛的派對就會消失。

聽到這樣的敘述，我驚駭莫名，原來低潮、挫折、憂鬱這些抽象的字眼也可以具象，烏雲就像是它們的代名詞，會在我們身心最挫折的時刻找上我們。好友在醫生和親人的照顧下，漸漸擺脫烏雲，持續在自己的人生軌道上前進，我卻養成一個習慣，每到夜深人靜，就檢視自己的頭上，是否烏雲罩頂？

俗話說：「人生不如意事，十常八九。」我另一位從事公益工作的朋友，每天為弱勢的婦女和小孩奔走募款，他說天下事不順利是常態，他曾為了幫一個社福團體找一處安身的房舍碰了一百次釘子，不是一次、十次，一百次耶。可見人生中的挫折與不愉快是比順遂如意多得多，林語堂小說中的人物不是說，「金銀財寶莫如諸事順遂」嗎？

生活中的不如意，小至早起趕公車，卻阻在站牌前的紅綠燈，然後眼睜睜看著兩部你要搭的公車停了又開走；或者是在便利商店買了咖啡，卻在走出店外的當下傾倒在地；又或是專程到伴手禮名店為訪臺友人買鳳梨酥，結帳時發現忘了帶錢包，身無分文……。比起工作沒做好，被上司斥責；或是一次重大考試不慎失常，影響了你的生涯規劃；甚至罹患疾病，家庭遭逢變故；或是新聞裡看到的政治金童捲入弊案，身陷囹圄……，說起來，前述那些誤了公車、倒了咖啡、忘了帶錢包的小事，連挫折都談不上。

當然我也有情緒低落的時候，有時知道烏雲何以出現，只要處理問題就可以驅散烏雲，但更多時候是不明所以，處在一種什麼都不想做的倦怠狀態。那個時候我會鼓起勁，給自己泡一杯咖啡，坐在書桌前，找一本故事性強的書，開始閱讀，當我進入書中世界，在一個虛構的生活中感受別人的人生之後，漸漸就忘了情緒低落之所由，又可以平靜地繼續走下去。總是這樣，他人的故事幫助我驅趕一次又一次的烏雲。

我是成熟的大人，人生經歷也不能說不豐富，已然體驗出解決問題的方式，那麼如果是小孩或青少年呢？那些新聞報導中走不出人生關卡而輕生的年輕人，或許正是烏雲出現時不知該怎麼辦的人吧？

我和兒子討論這個問題，當時他是正面臨大學入學考試的高中生，學業、人際關係，還有他喜歡跳街舞、打籃球，甚至對他那一頭遺傳自我的自然捲硬髮、可能是遺傳自他老爸的滿臉青春痘感到不滿意等等，應該會有使他困擾、煩惱，以至於焦慮的因素吧。這個時候，他如何度過自己的低潮期呢？

兒子想了想，說，通常他不會耽溺太久，偶爾心底有些不舒服，過一會兒就好了。得到這樣的答案，我應該覺得高興，兒子身心健康，又或者，不過是個粗手大腳，心思不細膩的大男孩罷了。得以順順利利度過惱人的青春期，也是一種幸福吧。只是我仍隱隱不安，說不定少年們在我們自以為是巨大的保護傘下，並沒有遇見像樣的挫折，並不是真的懂得如何驅散烏雲吧。

那天他壓斷了眼鏡框，把眼鏡放在我的書桌上，附了一張字條，請我幫忙拿去眼鏡行修理，還PS一句，「急著要用，請眼鏡行盡快修理。」我想到對考生來說，眼鏡自然很重要，應該馬上辦，便交代要出門上班的他老爸順路處理。本想一切妥當，再隔一天即可取件，讓兒子可以安心準備考試，不需為瑣事煩身，誰知當天晚上我接他回家，在車上告訴他：「已經弄好了，眼鏡行說無法修理，所以換了一個新鏡框。」兒子一聽把他精挑細選的鏡框換掉了，就不理性地發起脾氣來，說，他只是要修理，怎麼可以不經他同意就自作主張決定換一個新框！還說天底下有哪一個青少年願意戴父母挑選的鏡框？

我一聽也氣上來，做父母的為兒女盡心盡力，兒子不知感恩，只從自己的角度看事情。母子一番爭執後展開冷戰，那天兒子悶在房間裡，書桌的燈直到我就寢時還亮著。

第二天接兒子回家順路拿眼鏡，一看之下，那緊繃的臉頓時放鬆下來。原來老爸英明，新框和舊框一模一樣，那一場氣是白生了。我問兒子：「是不是氣得睡不著覺啊？」他說是。然後呢？然後他索性放下第二天要小考的數學作業，拿起武俠小說看個過癮。

看著他一副諸事不上心的傻大個模樣，知道如何處理自己的情緒，真是充滿幸福的可能啊！

通俗的題目要怎麼寫才出色？

我們開始會用文字來記錄生活、抒發感想，一定是從「我」出發，然後是圍繞著「我」的「我們」，這些「我們」就是爸爸、媽媽、兄弟姊妹還有同學、師友等。以自己最親近的人為題材，很容易就會寫得太私我，意思是那些情節和感受只有少數相關的人理解，讀者看了會覺得太瑣碎，甚至覺得無聊，因此越是個人化的題材，我們越是要把焦點集中在共同的經驗中。

吳晟的一篇散文〈遺物〉，就是一個很好的例子。他的父親在他求學階段就過世了，但是在文章裡沒有一些什麼「子欲養而親不待」之類老套的話，而是透過母親把父親遺像收到抽屜的作法，清楚表達出「真正會想念的，不必看到相片也想念；不認得的，只看相片也無用」這樣發人深省的話。

吳晟從父親的遺物出發，一件一件來告訴讀者他和父親之間生活的點點滴滴，雖然沒有直接說他多麼想念父親，但每一字，每一句，都有父子間令人感動的深情，寫最普通、無聊的題目，卻可以有這樣不俗氣的表現，讀過吳晟的〈遺物〉，你也可以開始寫自己的「我的家庭」、「父親」、「母親」等等。

〈遺物〉（節錄） 文／吳晟

臺灣鄉間一般住家的廳堂，都會供奉神座，並設有祖先的靈牌位，逢年過節燒香祀拜，即俗謂拜公媽。祖先靈牌位旁，通常還掛著一、二幀去世不久的先人遺像。

按照這樣普遍的習俗，父親去世，家人選一張父親生前的相片加以放大，裝在相框，祭奠出殯後，本該懸掛在廳堂靈位旁。母親卻將相框收進房間內。

我曾向母親提議，為何不將父親的遺像掛在廳堂，母親默不作聲，不予理會。

隔了數年，返鄉教書之初，偶然拉開母親的抽屜尋找東西，發現父親的遺照已經泛黃，再次提議母親拿去照相館重新修飾、放大，並懸掛在廳堂。母親淡淡的說：真正會想念的，不必看到相片也會想念；不認得的，只看相片也無用。

我一直不能理解母親的心情。而今歷經更多人世滄桑、人情冷暖，才逐漸有些微體會。

就如我對祖父母沒有任何印象，因而逢年祭拜祖先時，只有虔敬之心，卻喚不起思念之情，也無悲傷之意，當我帶領子女祭拜父親，他們對阿公又有多少如我這般深刻的追念呢？

父親只是為窮困生活奔波一生的鄉野村民，既無顯赫家世可以留傳，也無輝煌傳奇可供談論。但對我而言，卻有無數值得懷念的事蹟，尤其是我們現在居住的家園，是父親和母親壯年時辛苦建造而成，處處和父親有牽連，更容易隨時觸動深深的想念。

平日我常不自覺的向子女提起父親生前一些言行作為，以及如何教導我。不過，我是感觸良深，而子女似無多少感動。連我自己的子女，對阿公都感覺那麼遙遠，何況是往後的子孫呢？父親的事蹟，必然只在我們這一代的親人還偶然會提起吧？那麼，父親的遺像即使掛在廳堂，又能留存多久呢？

父親去世之時，我剛就讀專科一年級，年輕得只顧編織自己的夢想世界，不懂得將父親的遺物好好整理、保存、留供紀念，以致大都已散失，每一思及時常深感懊悔。其實，父親的生活刻苦簡樸，遺留的不過是些日常用品，就算保存了下來，又能留存多久年月呢？

然而，父親的每一樣遺物，畢竟都連繫著我許許多多的回憶啊！

（中略）

一般鄉間農民，一生中大都很少照過相，但父親算是「有出社會」的地方人士，因此留下了一些相片，我們一一收集起來，貼在一本相簿裡，偶爾拿出來端詳一番，從每一張相片的背景，揣想父親當年的社會活動、生活情況；從每一張相片的神態，懷想父親當年的音容言行。我們兄弟姊妹一致認為，父親年輕時候的相片，真是英姿煥發，非常好看，中年時期的相片，則一如平日實際生活中那般耿直而有威儀，又自然流露出無比的可親。

只是這些相片因年代久遠，都已泛黃、泛白而顯得模糊。而且，兄弟姊妹都長年定居在外，只我留在家裡，很少有機會一起翻看並談論這些相片。偶有閒暇也曾多次找出來，一面指給子女看，一面講述父親生前的言行事蹟，子女常會一知半解地追問一些問題。我儘管刻意以輕鬆的態度口氣來談，談著談著，總會忍不住湧起難以掩飾的深深感傷。如今連我也久已不常拿出這些相片來看了。

數年前，替父親「撿金」——即挖開父親墳墓，撿出遺骨裝進「金斗甕」，供入靈骨塔內。因遺骨還有些潮溼，需曝晒乾後才能處理，為了防止野狗咬走，連續數日，我在墳場顧守著這些遺骨，思潮翻湧，感慨至深。

其實，保留這些遺骨有何意義？年代變遷，還不是散失無蹤？如母親所說：真正會想念的，不必看到相片也會時常想念；不認得的，只看相片也無用。然而，父親的遺物，縱然只是些日常用品，畢竟都連繫著我深深的追念，明知不可能留存久遠，總是不忍輕易拋棄；一旦散失，回想起來總是深感惋惜啊！

——選自《吳晟散文選》，洪範書店

題目簡單，內容如何有深度？

隨著科技發展，通信軟體改變了人與人溝通的方式，影音媒體的普及使得年輕世代習慣影像式思考，社群網站按讚文化的流行更助長不多想一下的直覺反應，年輕人不深入思考，對身旁眾人的生活樣貌無感，對周遭環境欠缺關懷，只在意浮面的表態，長此以往，理解他人的語言能力弱化，不易體會文學作品的內涵，更別說寫作時能展現思維深度。

雖說找回網路世代的閱讀能力非一朝一夕之功，但在寫作表達的訓練中，若能從簡單的題目、尋常的內容出發，培養觀察事物、思考事件的習慣，或許能漸進開展出寫作具有深度的文章。

以下面這篇〈氣味〉為例，味覺是人類重要感官能力，我們無時無刻都在以味覺、嗅覺和世界接觸，因為已經成為一種本能反應，倒讓我們習而不察，其實每一次呼吸，每一個和香味、臭味或無臭無味的邂逅，背後都可能有個精彩故事，等待敏銳的人去發覺。

我們不一定能準確描述出嗅聞到的氣味，但至少能說出是香的、臭的、好聞或難聞，那麼人有氣味嗎？不是指體味的那種生理性的味道，而是氣味讓旁人感受到的是哪一種性格。還有，人的氣味是什麼樣的呢？善良的人、溫柔的人、邪惡的人或是暴躁的人，氣味是否不一樣呢？氣味可以立體化、具象化嗎？緣於上述的想像和討論，而從具體的咖啡香、茶香，以及混雜許多說不清楚的味道等等，開展一趟關於氣味的深度之旅。

最後作者並未提出結論，到底在一座堂皇森嚴大樓工作的人，是什麼氣味，原因正是，「不能吧，氣味只能感覺」。

〈氣味〉 文／林黛嫚

我拿起裝水的保溫杯喝了一口，居然有淡淡的咖啡香，然後想起上次用它裝了一杯親手煮的咖啡送給朋友喝，咖啡的味道在杯子裡留下了。

其實我有很多保溫杯，但總是懶得帶，於是經常拿紙杯喝水或泡茶，拿著一個紙杯走來走去的形象也許看在很多人眼底。有一天，辦公室一位稍年長的同事送給我一個保溫杯，她說，「我看妳常常用紙杯喝熱水，不環保也不健康。」她還特意挑最小尺寸的保溫杯，大約猜想我之所以用紙杯便是嫌保溫杯太大太重，而且這個小保溫杯是紫色的，她也注意到我的衣服配飾中有很多紫色吧。這麼貼心殷勤的心意，我自然必須接受，於是開始隨身帶著它。

因為保溫杯的密閉特性，料想保溫杯裡裝咖啡、茶、含糖飲料等，應該會留下不易消散的氣味，一開始我只用它裝開水，但當它成為我唯一喝飲料的器皿時，只裝開水的原則就無法再堅持了。那裡頭裝咖啡的機會最多，其次是茶，烏龍茶、紅茶、香片、玫瑰花茶，偶爾也有奶茶或麥片。

過了一個月，我打開裝了熱水的保溫杯，喝了一口水，那味道十分複雜，完全無法用任何一種飲品來形容，並不可怕的味道，只是令人難忘。那讓人聯想起關於氣味的記憶。

氣味可以立體化、具象化嗎？不能吧，氣味只能感覺。

在報社工作那幾年，偶爾必須到中央黨部開會，當時的黨部設在一棟宏偉的大樓，一圍鐵柵欄把整棟大樓安全地包圍起來。一樓大廳正中央有一座龐大堅固的守衛櫃臺，訪客必須在那兒換證件，才能繼續往內走，搭乘電梯上樓。或許因為這棟樓太大、建材看起來高級、昂貴，才走進來幾分鐘，我已經覺得渾身不自在，努力檢視自己全身上下有沒有什麼不對勁。鞋子得體嗎？有沒有露出腳趾？襯衫、牛仔褲會不會太隨興？早知道應該穿套裝來。

正這麼想，電梯停住了，進來一個人，這棟樓很大，電梯有很多座，空間也很寬敞，但是搭乘的人很少，一整座電梯只有我和他兩個人。那人穿深色西裝、打著深色條紋領帶，方正的臉上沒有一絲表情，進電梯後就往邊上站，目光對著電梯的樓層數字，眼睛隨著數字眨動。

電梯又停住時，那人走出去，在電梯門又關上前，我正好瞥見他走進某一間辦公室的身影。那是在這兒上班的人吧，他身上散發著和這棟大樓相近的氣味。

三、蒐集寫作材料

主題是文章的核心內容，也是文章表現形式的焦點，主題確定之後，才能進行其後的步驟，要決定選用一種體裁來表現，以及如何蒐集關於這個主題的材料。

主婦要烹飪前，會先去採買食物，才有米有菜下鍋；寫作的人要開始寫作，也要有材料可寫，選取適合用來表現主題的事物和觀念，這就是選材。但是寫作不能如廚師要作菜前，才上市場選購適合的食材，寫作必須平日就儲備許多材料，就像腦子裡有一座圖書館，平日看過的書擺著，要用時再拿出來用，所以透過不斷的閱讀、觀察、思辨，累積腦中圖書館的容量，才不會「書到用時方恨少」。

平時儲備的材料越多越豐實，臨筆構思時就越有信心，劉勰《文心雕龍‧神思篇》說：「積學以儲寶，酌理以富才，研閱以窮照，馴致以繹辭。」積學（充實學識）、酌理（斟酌情理）、研閱（研究觀察）這三種功夫，正是「馴致以繹辭」，也是寫出好文章必備的基本功。

多讀，多想，多觀察，多體會，這是古人教我們寫好文章、儲備材料的方法，雖是老生常談，卻也是古今不能顛破的道理。

從前古人學習寫詩作文，有許多工具書和前人的優秀篇章可以作為選取材料的參考，現代人網路資訊發達，滑鼠一按，搜尋一下，幾百萬幾千萬筆資料任你選擇，於是以為材料的選取和蒐集的功夫太容易了，其實這是錯誤的觀念。唯有平時多讀多看多想、學識有根基、體會夠深刻、觀察細密而周延，這些成千上萬的材料才能為你所用，否則面對茫茫字海，仍然不知如何辨別取捨。

掌握「四要」和「五要」

吳宏一在《作文課十五講》中提到材料的蒐集和選擇，有「四要」和「五要」的說法。所謂「四要」，是指：

(一)要能掌握正確的資料。

(二)要能切合現實生活的環境。

(三)要能反映客觀事物的真相。

(四)要能表達自己真實的情感。

至於「五要」，則是：

(一)蒐集資料要周全。

(二)選擇材料要精審。

(三)應用材料要恰當。

(四)排比材料要勻稱。

(五)運用材料要巧妙。

周全、精審、恰當、勻稱、巧妙，正是蒐集與應用材料的不二法門。

平時儲備，用時揀選

材料的儲備當然越多越好，所謂發揮「上窮碧落下黃泉，動手動腳找東西」鍥而不捨的功夫，不錯過任何可以運用的材料，也不局限於只讀學校課程教材，甚至只跟國語文相關的內容，而是不論文學、歷史、藝術、宗教，乃至自然科學等等的範圍，都應該廣泛涉獵。古代詩文固然要讀，現代作家的作品也要讀，正是「不薄今人愛古人」。讀書之餘，身邊正在發生的事，社會事件、國內國際大事，都應該勻出心思關心，如此才可以應付各種不同方式的命題。

當然，現代人很忙，現在的學生也很忙，要做的事情很多，多讀多看多觀察多關心，談何容易！確實，在有限的時間中，如何能應付這麼多事，只能說，在時間允許的範圍內，盡力而為，然後運用在寫作上的訣竅是，把讀書所得，和自己現實中的親身經驗結合起來，如此古人今人的智慧，才能為你所用，從而寫出來的文章，也才會有真實和動人的力量。

舉例來說，搭乘捷運或公車時，別只是低頭滑手機，抬頭看看車廂內的廣告，那些宣傳文案也許可能成為寫作時激發靈感的文句。我有一次看到車廂中「公車捷運詩文徵選」的一篇得獎作品，內容大意是：一位國中女生某天搭乘末班公車回家，最後一站下車時，只剩下她孤身一人，走在暗路上，正懷著緊張心情時，那位收班的公車司機竟然開車過來，好心地送她回家。這篇短文能得獎，固然是因為文字流暢，以及公車司機的愛心令人稱道，同時寫出了我們社會中的溫暖人情，宗旨及內容都符合公部門主辦的徵文宗旨，所以得獎了。但是，這篇文章選取的材料卻值得商榷，試想，公車司機自行開公車送一個落單的女學生回家，合情合理嗎？

可見，材料很多，卻更需要妥善揀選的功夫，恰當、勻稱、巧妙的材料，和寫作的主題、寫作的成果，都有密切關係。

從材料點燃想像力、聯想力

除了外在客觀材料的蒐集，另一個步驟是，在有限的材料中運用想像，讓材料發揮作用。

想像，是一種創造的思維活動，對寫作來說，則是一個構思的過程。寫作文章需要透過想像把這些材料聯結起來，從前的人以為想像是藝術家胡思亂想的結果，沒有什麼討論價值。近代以來，才有科學家開始研究，認為通過想像，才有可能創造新的形象或新的觀念。脫離樹枝的蘋果為什麼會下落？牛頓的想像讓他開始科學研究，最終有了影響科學發展的重大發現。

不過，想像和聯想不一樣，想像是一個抽象的概念，把不在眼前的形象或情景具體想像出來，而聯想則是從具體的人事物而想起其他相關的人事物。文章中的聯想和想像都是由事物引發的，都是作者思考活動的結果。

寫作需要想像，如果生活中並沒有太多豐富經驗可以憑空想像，那麼就可以藉由聯想來幫助寫作。

朱光潛在《文藝心理學》書中提到：「聯想是一種最普通的作用，通常分為兩種。一種是類似聯想，例如看到菊花想起向日葵，因為它們都是花，都是黃色，在性質上有類似點。一種是接近聯想，例如看到菊花想起中山公園，又想起陶淵明的詩，因為我在中山公園裡看過菊花，在陶淵明的詩裡也常遇到提起菊花的句子，兩種對象雖不同，而在經驗上卻相當接近。這兩種聯想有時混在一起，例如看到菊花想起陶淵明，一方面是一種接近聯想，因為陶淵明常做菊花詩；一方面也是一種類似聯想，因為菊花有高人、節士的氣概，和陶淵明的性格很類似。」

朱光潛的這段話中，把聯想分為「類似聯想」，例如看到菊花想起向日葵；以及「接近聯想」，例如看到菊花想起中山公園，又想起陶淵明的詩。寫詩尤其需要聯想，如果丟開聯想，不但詩人無從創造詩，讀者也無從欣賞詩。例如李商隱的〈錦瑟〉，「錦瑟無端五十絃，一絃一柱思華年。莊生曉夢迷蝴蝶，望帝春心託杜鵑，滄海月明珠有淚，藍田日暖玉生煙。此情可待成追憶？祇是當時已惘然。」很多解釋此詩的人不明白詩與聯想的道理，往往把詩意越解釋越混亂，朱光潛認為從聯想出發，就可以看出這首詩五六句與三四兩句的功用相同，都是表現對於死亡、消逝之後，渺茫、恍惚、不堪追索的情境所引起的悲哀。在取材、造句時多用聯想，可以豐富內容、美化句子。

現在的大學生要求寫一篇五百字的文章，都已經算是難題了，但利用聯想的作用，卻可以把文章寫長，王鼎鈞在《作文十九問》中就示範了這種聯想的作法。學生問他，老師常說他的作文寫太短了，下次要多寫一點兒，可是學生無論如何做不到，有時對著題目下筆去寫，一兩句話就寫完了，再也沒有話可說了。

王鼎鈞的回答是：你只要能寫出一句話，就能寫出一百句話。他又說：「鳥飛，這是一個極其簡短的句子，它簡短，可是並不簡單。鳥飛，鳥在哪裡飛呢？（天上。）鳥在天上飛。有多少鳥在天上飛呢？（一隻鳥在天上飛。）這隻鳥是一隻什麼樣的鳥呢？（大概是一隻老鷹吧。）它是怎麼飛的呢？（大概是在空中兜圈子吧。）好，一隻老鷹在空中轉著圈子飛。你只要能寫「鳥飛」，就能寫「一隻老鷹在空中轉著圈子飛。」只要你能寫「魚游」，你就能寫「一隻紅色的金魚在玻璃缸裡游來游去。」

聯想很神奇吧！思前想後、左顧右盼、說長道短，這麼發展到最後不是寫不長，是越寫越長。如果從手上一隻新手錶開始，寫道：父親帶孩子去買錶，為什麼要買錶？坐計程車或走路去？去哪一家鐘錶行買？和賣東西的人說了什麼話？最後為什麼買的是電子錶？……等等，不得了，這麼一聯想，越想越多，別說五百字，一千字都不夠寫，最後又要裁剪了。藉由想像與聯想，按照行文脈絡，考量哪些材料可以放入，哪些可以刪除，或許可以達到古人說的「馴致以繹辭」，也就是按照文情的需要去選擇和運用文辭，進入「辭達」的境界。

和取材相關的問題，我們也可以再多討論一點。

生活瑣事也可寫篇好文

「被一隻狗撿到」？不對吧，應該說撿到一隻狗吧，當文學教育者聞火星文色變時，這樣的句子可不在火星文之列，因為這句話的意思很清楚，只是若單純寫

「撿到一隻狗」，句子太平板，把主格受格調一下，文字的趣味就出來了。而且這種說話方式、這樣的句子可不是作者自己發明的，在劉靜娟這篇名為〈被一隻狗撿到〉的散文裡，她那愛狗的孩子一向這麼說，不只被狗撿到，這孩子對去留觀念也與眾不同，一次老師要挑選參加全市小朋友注音比賽的選手，從班上先選出幾名，經過加強訓練後，又數次測驗篩選，憨傻的孩子沒有什麼勝敗觀念，每次有人被淘汰出局，都天真地說誰被老師「選」回去了。最後「其他同學都被『選』回去，『留』下他去參加比賽」，在孩子的語彙裡，主詞受詞是可以調來調去的。

劉靜娟這篇文章最特別的地方在於作者一些獨特的用字遣詞，除了前面說的「被狗撿到」還有「幸好」，她的孩子養過一條什麼名犬，是狗主不想養，託獸醫幫他物色愛狗的好人家，獸醫推薦給她孩子養，「幸好」養不了多久，狗主人要了回去，從媽媽的角度看才是幸好，孩子可是心疼養了許久的狗伴。生活瑣事，若能以趣味的文字呈現，平凡的題材也是文章。

〈被一隻狗撿到〉 文／劉靜娟

兒子說：「我又被一隻狗撿到了。」

我「哦」一聲，一點不意外；不到一年之間，已聽了幾次這類話。只是這回他把人與狗的主受格顛倒過來而已。

這樣的說法讓我回想到「遙遠的」年代，他讀小學一年級時，老師為了挑選參加全市小朋友注音比賽的選手，從班上選出六名，經過加強訓練後，又數次篩選。憨傻的他沒有什麼勝敗觀念，每次有人被淘汰出局，都天真地說誰被老師「選」回去了。最後其他同學都被「選」回去，「留」下了他去參加比賽。

好吧，就算這回是他被狗撿到的，是怎麼撿的？

他說在郵局外面看到一隻秋田流浪狗，對牠招招手，牠走過來。後來他從郵局出來時，卻看到小狗篤定地坐在他的摩托車上。他趕牠，牠不走，「只好」載牠回住處，「大門一開，牠一點也不猶豫疑懼，就進去了，認定這就是牠的家了。」

我說：「這算什麼你被牠撿到，是你先向牠招手的嘛。」被牠「電」到還差不多。

「不是每個人都可以招得動狗的，也不是每條狗都會不死心地跟著人的。狗很聰明，知道什麼樣的人才可以跟，才可以依靠。」

「當然，你那麼愛狗，身上有『狗味』，牠當然放心跟你。」

「對。」

僅此一端，也表示狗的確聰明、識「相」。我沒那麼愛狗，就算有狗跟隨我，走一段路後總會明智地停住或回頭。

我這回又例行地嘆兩個氣，說他太閒，不在學業上用心，養狗談狗倒花了不少大好光陰。

他自顧自說著那狗只是有點皮膚病，已帶牠去看過醫生。牠不是純種，如果是純種的，可以長這麼大；現在牠大約兩個月，有這麼大。

看他認真比畫著，我問他那麼他們現在養有幾隻？三隻，學弟養一隻。他原來的那土狗已養了幾個月，全身黑，四足白。這種狗人家迷信不吉，不肯養；所以他特地、更要撿回去愛，現在已給他照顧得毛色發亮雙眼有神。人家問他那狗是純種的嗎？他便說是的，既沒有貓也沒有豬的血統。他不喜歡出身名門的狗，「那種狗純做人的寵物，已失去了狗的個性。」有一天我和同學聊天，談到兒子養這麼一條狗，同學的女兒高興地說她撿來的狗也是「穿白襪」的，撿牠的理由正好和我兒子的一樣。這女孩已在美國得到碩士學位，在臺北一家大公司上班，聰明有主見。新人類這種悲天憫「狗」的、反迷信的想法倒是頗使我尊敬、感動的。

兒子那黑狗原取名為默默，默，黑犬也。但牠太安靜，幾乎不吠，兒子恐牠成了啞狗，改叫牠「嘿嘿」，希望牠有時張張口。

兒子賃居在學校附近，常帶「嘿嘿」去河堤邊散步，讓牠撒腿在那兒奔跑。牠快樂，他也覺得這種優閒的、自然風味的生活非常好。我則說他好像過退休生活。

這不是他養的僅有的兩隻，這之前他養了一隻大麥町。「就是卡通一〇一忠狗的那一種。」他說小狗的父親不知是什麼品種，但母狗是大麥町。那隻流浪狗生了一窩五隻，四隻有人要，一隻他留下來。長得很漂亮，不是白底黑斑點，是以黑為主。有一天他帶牠出去散步，迎面一個人著迷地看著牠，說牠是一隻好狗，可不可以割愛？他不肯。過後不久他回家，坐在餐桌前卻忽然心事重重地嘆了一口大氣。我問他怎麼一回事？碰到什麼挫折了？他說：「小狗送給那人了。」我和他爸爸面面相覷，什麼跟什麼嘛。「本來是要忙一件事，才把狗送人，誰知那件事不需要我插手了。白白送掉了一隻好狗，越想越火。」

後來想去要回那隻小大麥町，人家卻說已送到鄉下了。

他還養過一隻什麼名犬，是狗主不想養，託獸醫幫他物色愛狗會養狗的「好人家」，獸醫推薦給了他們。幸好養不了多久，狗主人要了回去。這「幸好」是我說的。

我揶揄他：「你養狗養出名氣來了。」

他頗以為然，說但凡做一件事，就很認真去做（哦？讀書好像不包括在內），現在對狗他已非常懂，所以他的狗都非常聰明非常乖，一下子就可以訓練牠們大小便。

我不知是他有慧眼，撿來的狗都是好狗，還是狗給他帶就變聰明變乖？當他說每隻狗都很聰明、很乖時，口氣就像一個慈祥得意的母親在說她的兒女。

而電視上如果有狗出現，他會叫我趕快過來看。報上登著在臺灣培育成功的十隻第一代拉布拉多犬即將到義工家庭接受導盲犬訓練的消息，他付予很大的關注；要不是資格不符——必須花很多時間給狗兒做居家訓練、導盲訓練等等，他大概想去應徵做義工了。

每聽他談狗，就覺得他變小了，是多年前那個要求養狗卻被媽媽以住在公寓不宜為由拒絕的孩子。可又覺得到底已長大，講話成熟平穩。如果尚在青少年時期，甚至更小，如此愛狗，談起狗時不知要多眉飛色舞多瘋狂呢。高中聯考前他很喜歡聽國語流行歌曲排行榜，不准他一耗兩個小時在電視機前，他便耍寶：「好，我不看電視，你幫我看，看到某某時再叫我。」

現在呢，我不能不准他養狗。他說養狗花不了多少錢，除了打預防針外，花費不多。我倒是不能不問他功課怎樣？還好。他輕描淡寫。不曉得他會選擇什麼論文題目？「二十世紀臺灣流浪狗與人類關係之研究」如何？那他一定可以寫得得心應手。

這念頭似曾相識，嗯，他和弟弟先後考大學時，我都曾希望聯考題目以西洋熱門音樂為主。

——選自《被一隻狗撿到》，九歌出版

從內心思考和人生經驗發想

散文寫作方法教了大半個學期，要同學們交期末習作時，還是有人問我，老師，要寫什麼？我寫作這些年來，可從沒想過這個問題，寫作不就應該像法國作家波特萊爾說的，感到內在一股不得不發的衝動嗎？

我記得我剛開始寫作時，一個晚上熬夜寫了一篇六千多字的小說，寫完後很興奮卻也很惶恐，覺得自己寫太快了，會不會失之草率？當時我參加耕莘青年寫作會成為青年會員，幾天後，我到寫作會裡去，正好有機會問小說班的指導老師楊昌年老師這個問題，楊老師說，不會啊，有時候一股作氣寫出來的作品會是佳作呢。對於剛開始寫作的年輕人，我想楊老師都會用正面的話來鼓勵有加的。

提起這件事是為了說明，寫作的題材是自然形成的，來自內心思考、生活體驗，心中有創作的欲望，題材自然在那兒，前面提過瘂弦先生說的鼓勵年輕人寫作的話，「拿起筆來你就是作家」也是相近的意思。不過對於當下生活體驗平凡，思考訓練也可能還不深入的青年學子來說，要寫一篇習作，確實會遇到不知寫什麼的困擾。

多閱讀固然是充實寫作題材的不二法寶，而且沒有捷徑，只是在欣賞名家作品中，除了學習他們的表現技巧外，若能進一步去思考這篇文章如何取材，或許可以給缺乏題材的人一點參考方向。舉例來說，回憶是作家寫作題材的重要來源，尤其是往事，幾個月前、好幾年前、小時候……，這些往事常常都是我們寫作文時會用上的材料，每個人都有往事、都有回憶，把一些印象深刻的往事從記憶裡撈掘出來，再和現實生活對照，補充一下過往與當下的想法與心情，就是一篇內容豐富的好文章了。

張大春在一篇題為〈齊克果句法與想像〉的短文中，談及早年他在陸軍官校當教官時讓士官們寫作文的往事，用以駁斥某些認為考試作文和文學無關的論調，「作文當然不是文學，也不以訓練文學家為目的，但是作文並不排除文學。相對來說，作文老師之為人，恐怕正是以真正偉大而繁複的文學傳統去豐富那些令人看不到、聽不到的宇宙介質呢」。寫作當然不一定是文學，寫作的人也非人人想當文學家，但每一個在寫作的人，都是藉著寫作這個題目的文章在省視自己不得已而然的人生。

所以，不知道要寫什麼的時候，想想自己的人生吧，即使再怎麼單調貧乏，再怎麼一成不變，省視之後，也會有可以成為寫作素材的內容。下面這篇〈惑〉是某一年國中基測的作文題目，一份學生刊物向我邀稿，請我以這個為題寫一篇範文，我便以我國中階段的人生，作為這篇作文的素材。在寫這篇文章時，我也因而省視了自己不得已而然的人生。

〈惑〉 文／林黛嫚

國中二年級升國三的那年暑假，班上來了一位轉學生，在那個保守、沉靜、一成不變的鄉下學校，來一個轉學生，尤其是外型、氣質不太一樣，連名字都帶著夢幻色彩的轉學生，是會造成轟動的。

老師安排這位白詩霓同學坐在我旁邊，午休時間還把我找到導師室，叮嚀我要好好照顧白同學，說她因為身體不好休過學，落後了兩學年，功課有點跟不上。

白同學在班上，一開始很受歡迎，因為她長得蒼白纖細，有幾分不食人間煙火的仙氣。下課時，大家都爭著和她說話，也很熱心幫她點小忙，像是替她交作業、拿便當盒去放蒸飯箱等等。不過，這段蜜月期在第一週的模擬考成績公布後，就結束了。

她的成績慘不忍睹，老師說她「有點跟不上」是太客氣了，她簡直是「落後一大截」，這是升學班，但她的程度恐怕比很多非升學班的同學都要差。於是再沒有什麼人和她說話了，對於以考上第一志願為目標的升學班同學來說，數學老是考個位數的人簡直就是白痴。大家都知道她不會待太久，不必費心思交朋友。

只有我和她成為好朋友。

我很努力幫她復習功課，每節空堂都陪她一起對付數學和理化，不過看起來沒什麼成效。有一次她突然問我：「我們學這些做什麼？」可以回答她課本上任何問題的我，居然在這個簡單的問題上卡住了。我自己模擬答案：學這些是為了考上理想高中，考上高中是為了考大學，考大學是為了找一份理想工作，找一份理想工作是為了……。

我從來沒有為「努力讀書，取得聯考好成績」這件事困惑過，因為那是本分、責任，家長、老師，甚至課本上都這麼說。而現在有一個眼看是不會考上任何理想高中的學生，疑惑自己為什麼要做這件事？我剛好學習能力不錯，但如果我像白詩霓一樣，看到數字就一個頭兩個大，或者我對讀書這件事沒有興趣、沒有熱情，那麼我將如何處理我的人生？每個人都擁有選擇權嗎？如果沒有，又該怎麼辦呢？

白詩霓沒有掙扎到考完聯考，她甚至沒有讀完那學期，和她的人生的短暫交會，卻讓我獲益良多，學習到發現問題、面對問題、處理問題。課本上的疑惑，有老師、參考書可以協助解決，可是人生的困惑呢？人生路上的困惑不會少的，這些問題往往得自己處理。我不知道白詩霓的問題，她是否找到答案了，至少我知道那一次的聯考我是心中篤定地走入考場。

四、組建文章架構，注入文氣

寫作構思原理，除了讓初學者了解寫作元素與元素之間的關係，要注意的是，如何將這些「誰在哪裡做什麼事」組合起來，讓文章的架構建設完成。

我們蓋房子，先要畫藍圖；行軍打仗，先要布陣妥當；打球下棋，先要想好攻防策略。寫作這件事，自然也要構思文章段落如何安排，使整篇文章架構完整、條理分明，首尾呼應。

因應考試而學習的寫作，為求穩定獲取高分，通常有個制式的寫作架構設計，如本書開頭時所述：記得起承轉合，分段是必要的，第一段破題，第二段取正例，第三段舉反例，首尾要呼應等等，所謂龍頭、豬肚、鳳尾的組合也是近似的說法。

按照這樣的提示，如果題目是〈論科技與國家發展〉，這種論述的題目在國家考試中經常出現，那麼下列的立論順序及撰寫方式，或許可以參考。

(一)先簡單扼要說明科技發展的重要性，以及科技發展與國家發展之間的關聯。

(二)進一步闡述科技發展如何影響人類生活，發展科技和提升國民福祉的關聯，不但要有理論上的依據，而且要從古今中外歷史中找到可以對應的論據。

(三)以轉折的語氣，說明如果不發展科學，則國家的處境將如何，在世界這個地球村中會遇到什麼樣的困難，當然也要舉出適當的例證。

(四)結語：簡單扼要說明發展科技時應注意事項，並提出自己的看法，最好點出自己學習上將如何呼應此一趨勢。

公式化的謀篇布局，雖然讓文章四平八穩，不易失敗，卻也使寫出來的文章大同小異，面目模糊，看不出作者個人獨特的情思。我以為，文章的布局架構，如果像蓋國民住宅，材料樣式相近，整體格局健全，每一戶門、每一扇窗以及住在裡頭的每戶人家，卻都只是這一整排住宅的一個小零件，那麼就失去了展現自己的機會。所以，謀篇裁章固然重要，整體氣氛的醞釀，也就是文氣的流動，亦不可忽略。

以首尾呼應來說，張曉風的〈行道樹〉，文章不長，卻也注意到前後呼應。文章第一段：「我們是一列樹，立在城市的飛塵裡」，最後一段：「立在城市的飛塵裡，我們是一列憂愁而又快樂的樹」。

行道樹在春天勤生綠葉，為城市製造清新的空氣，在白天獻出濃蔭為人遮涼，但自己卻蒙受一身煙塵，夜晚又在孤單寂寞的黑暗中苦熬。透過一層一層展示行道樹的生活，提出支持環保的概念，與值得讚揚的奉獻精神。張曉風筆下的行道樹是孤獨的，在充滿車輛和煙囪的城市裡，行道樹的存在只是一種悲涼的點綴，短短幾百字的文章，行道樹憂愁卻快樂的形象，就在這樣的氣氛醞釀下，生動呈現。

〈行道樹〉 文／張曉風

每天，每天，我都看見它們，它們是已經生了根的——在一片不適於生根的土地上。

有一天，一個炎熱而憂鬱的下午，我沿著人行道走著，在穿梭的人群中，聽自己寂寞的足音，我又看到它們，忽然，我發現，在樹的世界裡，也有那樣完整的語言。

我安靜地站住，試著去理解它們所說的一則故事：

我們是一列樹，立在城市的飛塵裡。

許多朋友都說我們是不該站在這裡的，其實這一點，我們知道得比誰都清楚。我們的家在山上，在不見天日的原始森林裡。而我們居然站在這兒，站在這雙線道的馬路邊，這無疑是一種墮落。我們的同伴都在吸露，都在玩涼涼的雲。而我們呢？我們唯一的裝飾，正如你所見的，是一身抖不落的煤煙。

是的，我們的命運被安排定了，在這個充滿車輛與煙囪的工業城裡，我們的存在只是一種悲涼的點綴。但你們盡可以節省下你們的同情心，因為，這種命運事實上也是我們自己選擇的——否則我們不會在春天勤生綠葉，不必在夏日獻出濃蔭。神聖的事業總是痛苦的，但是，也唯有這種痛苦能把深度給予我們。

當夜來的時候，整個城市都是繁弦急管，都是紅燈綠酒。而我們在寂靜裡，在黑暗裡，我們在不被了解的孤獨裡。但我們苦熬著把牙齦咬得痠疼，直等到朝霞的旗冉冉升起，我們就站成一列致敬——無論如何，我們這城市總得有一些人迎接太陽！如果別人都不迎接，我們就負責把光明迎來。

這時，或許有一個早起的孩子走了過來，貪婪地呼吸著鮮潔的空氣，這就是我們最自豪的時刻了。是的，或許所有的人都早已習慣於汙濁了，但我們仍然固執地製造著不被珍視的清新。

落雨的時分也許是我們最快樂的，雨水為我們帶來故人的消息，在想像中又將我們帶回那無憂的故林。我們就在雨裡哭泣著，我們一直深愛著那裡的生活——雖然我們放棄了它。

立在城市的飛塵裡，我們是一列憂愁而又快樂的樹。

故事說完了，四下寂然，一則既沒有情節也沒有穿插的故事，可是，我聽到了它們深深的嘆息。我知道，那故事至少感動了它們自己。然後，我又聽到另一聲更深的嘆息——我知道，那是我自己的。

——選自《張曉風精選集》，九歌出版

文章架構使得親情變立體

又如袁哲生的《雪茄盒子》——

〈雪茄盒子〉（節錄）　文／袁哲生

（前略）

坐在車後面的位置上，一路我都低著頭，抱著胸前的旅行袋，彷彿那是偷來的東西一樣。到達動物園，公車靠站之後，父親卡住公車的前門喊我下車，嗓音蓋過嘈雜的車聲人語。我低頭擠到前面，感覺每個人都盯著我看。

下車。

父親掏錢，買兩張入場券，從我手上接過旅行袋。動物園旁邊是兒童樂園，從外面就能望見一個高聳入雲的大摩天輪，就像外國月曆上的風車一樣耀眼。

河馬、駱駝、大象、黑猩猩、長頸鹿，父親一一按文解說，只有馬來貘是例外，我們倆都不知道「貘」的正確發音是什麼。每年，父親都要我去問學校的老師，但是面對這個怪模怪樣的東西，就先直呼為「怪物」即可，從此，年年如此。

快走到孔雀園的時候，父親會在福利社買一種巧克力火箭甜筒給我。我小心地撕開一小圈紙封套，先欣賞幾眼，再輕輕啃一小口。我們繞過鳥園周圍的石子路，父親好像並不想吃，我也沒有分他的意思。

接著是父親最高興的時刻，馴獅表演就要開始了。

比房間還大的鐵籠子外已圍了好一些人，兩隻威猛的雄獅，脖子上掛著豐厚的一圈髦毛，不安地在籠子裡交叉巡走著。馴獸師迅雷地往地板上甩一狠鞭，觀眾應聲啞然。只見他一手執鞭，一手持棍，敏捷地在獅子的外圍打繞，鞭子不斷抽響，棍尖始終對著獅子的雙眼，形成一個緊張的對陣。獅子暴躁起來，終於扯裂震耳的吼聲如山洪，不斷抬起前腳來耙那支棍子，龐大的身體往下低沉鼓繃，且奮力在地上磨爪……我心裡想，爪子愈磨愈短，為什麼要去磨它呢？

其餘的我忘記了。只記得父親總是在這個時候悄悄地抽出那根雪茄，扯掉玻璃紙包裝，用門牙囓開一小孔，再劃一根火柴點著。在獅子們磨爪的澀澀聲中，馴獸師漸漸控制住場面，父親臉上一團團濃煙像游霞般浮動擴散，消失在空中。有一年我注意到，在這個時候，父親的臉上浮起了一絲絲惋惜的表情，不太明顯的。

我不知道為什麼總在這個時刻，父親點燃他的雪茄菸；也不知道，那一盒雪茄是什麼時候抽完的。這一年一度的「朝聖」之旅，一直持續到我國二的時候。

那年，大鐵籠裡的獅子野性大發，不聽指揮，對著圍觀的人群狂吼，磨爪聲特快特重，還不斷朝馴獸師撲去，表演只得提前結束。從動物園出來，父親似乎興致很好，又領著我去武昌街看電影，父親揀了華德迪斯奈的卡通電影《小飛象》，我其實想看《紅粉佳人》，但是，父親已經走向售票口，從寬大的灰色西裝褲口袋掏錢了。

國三那年，為了高中聯考，根本沒有注意到兒童節的存在。隔年，我好像便不再算是兒童了。

父親過世那年的兒童節，我帶五歲大的兒子去動物園，馴獅表演已經沒有了，甜筒的價錢也漲了好幾倍。

兒子問我「貘」字的發音，我說叫牠「怪物」就好了。

最近整理木屋的時候，我在父親床下的破木箱裡又再次看見了那個雪茄盒子。盒子依舊精緻完好，大概是經常取放的關係，木質外表多了一層光潤，一點灰塵都沒有。那塊紫色的絨布也還在，我順手便拿起來擦拭幾下，再掀開盒蓋，盒子裡的東西，讓我難過了很久一段時間。

盒子內鋪滿了一層指甲屑，是父親剪下指甲之後存下的。撥開指甲屑，底下是一疊動物園的入場券存根。我取出來翻看，其中有連續八年是買兩張的，另外更多的是單張的。我坐在父親的床上，幾乎站不起來。

母親進來收拾被褥和舊衣物，默默地將它們安排進紙箱子裡。

我告訴母親我發現了那個雪茄盒子。母親背對著我，正彎著腰用雞毛撢子掃灰。

我問她要怎麼處理這個盒子，母親停頓了一下掃灰塵的動作。

「扔了吧。」她說，並未回頭，繼續往窗臺上拂塵。

——選自《靜止在：最初與最終》，寶瓶文化出版

〈雪茄盒子〉看似在寫敘述者「我」的童年記憶，實則是濃情淡筆在寫父子之間的聯繫，而且這種聯繫以及兒子對父親的思念永不止歇。

一到兒童節，父親都會帶兒子去動物園，吃甜筒、認識馬來貘、看馴獅表演，兒子一旁玩耍，父親一旁抽雪茄，每年行禮如儀，直到童年消逝。這些童年記憶分開來看沒有什麼特別，合起來意義就產生了，就像玩拼圖遊戲，每一個單張並沒有意義，等到全部拼好，意義就產生出來。有那麼一個年代，許多抑鬱寡歡、身影暗

淡的人們，沒有多餘金錢從事休閒娛樂，很窮的父親在兒童節帶孩子去動物園，母親留在家裡，僅有的親子時光，父親點起一根雪茄，一年一度慰勞自己。文字簡單，意義深遠，一種淡淡的憂傷籠罩在字裡行間。

題目是〈雪茄盒子〉，故事發展也從掀開父親在家中少數幾件專屬私有的雪茄盒子開始。當父親過世，換成敘述者帶著五歲的兒子逛動物園，「兒子問我『貘』的發音，我說叫他怪物就好」，喻示著父子間的聯繫傳承下去了。文章結束時，交代雪茄盒子該如何處置，「我」跟母親說，「發現」了雪茄盒子，母親說：「扔了吧」。

「扔了吧」，亡者已遠，屬於他的物事也只存在生者心中。除了結構上完整的首尾呼應，〈雪茄盒子〉耐人尋味的正是氣氛的醞釀，雪茄盒子裡的雪茄以及動物園入場券，父親最珍貴的事物，最親愛的家人，透過文字敘述可以讓讀者感受到。至於母親頭也不回，就說把盒子扔了，也是因為，那個父子空間中沒有她。能讓讀者體察到這些故事之外的情感，正是作者對於文氣流動花了心思。

再如龔華寫旅行心境的散文〈迷戀遇合，與不同時空裡的景與物〉，旅行對現代人來說已經是日常，旅行中面對的風景與實物，有手機或相機攝錄下來，再遠再長、再美再多都有鏡頭可以訴說，但是旅行的心境呢？如何用文字描述出來，得以存在記憶裡留待回味？如同龔華說的，「到底流浪的是旅人還是風景」？

文氣突顯旅行的幸福感

這篇〈迷戀遇合，與不同時空裡的景與物〉提到旅行的幸福感是「邂逅的葉緣」，是「完整如燃燒中的火焰」，也是「殘缺如蠶蝕」，全文沒有東京鐵塔、巴黎聖母院或倫敦鐵橋這些實物，卻讓讀者感受到旅行時輕飄飄的幸福感。

〈迷戀遇合，與不同時空裡的景與物〉（節錄） 文／龔華

在旅途中，無論是採摘來的，或是被秋風襲落的，透過熱封膠膜的一點厚度，葉片的形狀與色澤竟然微微地被放大而更加清晰起來。循著葉脈的紋理，一時間，彷彿

時光隧道依然是可以被期待的。欣喜之餘，開始細數旅途中的點點滴滴，當你重新看見那副彎著腰的俯拾身影出現在滿山的紅葉中，你會毫不猶豫的認為那時候整個世界都是幸福的，無論邂逅的葉緣，是完整的、如燃燒中的火焰，或是殘缺的、如遭蠶蝕的痕跡。

我讀著葉緣的完整或殘缺，總也不在預料之中，深秋裡邂逅的，還有一則豔麗又悲戚的傳說。那是在參觀和服博物館時所「聽來」的。一件染著夕照色澤的和服在陳列架上安靜地訴說著自己的故事：當創作者在賦別之際，他看見家鄉天邊的晚霞，如常的絢爛，映照的卻是他來生再相見的絕別心境，他決定將回眸的最後一瞥所見，染織成一幅和服的畫面，隨著他此去浪跡天涯。幾乎沉溺於畫面裡的複雜心情，我試著將密密麻麻的訊息拆開，又重組。當真實與虛擬彼此呼喚，破碎的色澤交織著纖維裡的血淚模糊。我等待著「聽」下去，故事卻在這裡中斷了，彷若深秋已盡，卻等不到被雪冰封的季節，是該慶幸還是哀傷呢？

越過時空的記憶中，還有東京灣的那個晚上。身旁的日本女詩人款款訴說著她已結束多年的愛情故事，我看著自由女神像，身上細密燈火鑲綴如星光，手舉火炬如幽靈，默默守護著進港又出港的愛之船。儘管彩虹橋上煙火燦爛，夜空卻十分冰涼，是否，因為愛情總令人感到悲傷？東京灣猶如一則夢幻，忽明忽滅，怔忡的旅人，因而更加痴迷。直到看見「維納斯城堡」裡裸身天使的那對翅膀，我才清醒過來。深怕祂聽見似的，我對自己小聲說，天使來了，卻也明白那對雪白的翅膀，只是展示用的，期待祂的降落，似乎是不可能的。

一幕幕的風景，於錯愕中消失，又在驚喜中重逢。不免令人疑惑，流浪的究竟是旅人，還是風景？這些年來，在絕對的陌生或似曾相識的景物中，我辨識著不曾了解過的另一個自己。在隻身旅行中，由機場輸送帶的這一頭到那一頭，體會著奇妙的寂寞。從一個港口到另一個港口的周折中，探索流浪與遷徙的滋味。卻深知，永遠無法釐清的是，貼近孤獨又急於逃離它的矛盾情結了。

——選自《聯合報・副刊》，2006年12月12日

五、說一個好故事

世界越來越接近，人與人的互動方式雖然在改變，未來卻也將更加密切，我們經常會需要和別人溝通，但現代人主觀力強，想要說服別人，只有提出論證是不夠的，要用迷人的故事來打動人。告訴對方為什麼一加一等於二，不如編一個故事，讓他從故事中得到一加一等於二的道理。所以我們需要敘事力、說故事的能力、能夠把自己的想法準確表達的能力。

我雖然一直是國文老師，或者是教授文學創作的老師，但是我卻從來沒有教過我的孩子寫作文，一些母親（或父親）睡前為孩子說床邊故事，或是陪孩子讀讀童書的事我也沒做過。因為工作的關係，我下班回到家的時間常常是阿嬤看完八點檔連續劇，把孩子哄睡了。直到阿嬤病逝，孩子不敢獨眠，於是我會陪孩子躺著說說話，等他們睡著了，我再起來讀書寫作。

所謂說說話，通常也只是不著邊際閒聊，不過這些閒聊也有派上用場的時候。

兒子考國中基測前一週，我知道他最沒把握的是國文科，但是到了考前，測驗題的部分也無法臨時抱佛腳了，於是我開始每天給兒子說故事，大部分是發生在身邊我自己或朋友的事，然後我告訴兒子，看到題目，想想媽媽說過的故事，你覺得哪一個故事適合，就把故事放進去。那一次基測的作文題目是〈漂流木的獨白〉，於是兒子就把我說過的故事化為漂流木順流而下的所見所聞，那一篇作文拿了五級分，算是穩住了他的國文成績。可見說故事多麼有用。

小說家的特質

我開始寫小說之前，並沒有看過任何一本教授寫作（或寫小說）的書，這幾年因為教書的緣故，看了許多這類的書籍。雖然不知道這些閱讀對未來的寫作會發生什麼作用，只是在看到某些可以和自己寫作經驗對照的部分，不免莞爾。譬如約翰．加德納在《大師的小說強迫症》寫的這一段，「寫一本小說需要很多時間，至少大多數人都是這樣，而且對於作家而言，這實在是一種耐力的考驗。日復一日，年復一年，很多作家都會自問：我是不是在愚弄自己？讓他們感到納悶的是，為什麼會有人想要寫小說這種東西？為什麼要寫得如此冗長，仔細地把那些虛構人物的希望、喜悅與悲慘遭遇寫出來？作家有可能因為漸漸討厭與人相處而毀了自己，他們的妻子或丈夫則是越來越生氣與尷尬。憑什麼那些電視編劇傻瓜忙著數鈔票，聖人一般的小說家卻得當加油工或祕書，或是賣人壽保險來養家活口？」

雖然因為國情和時間點不同，約翰・加德納所說的，不見得和臺灣小說家的處境相同，不過某些部分稍微轉換一下，倒也異曲同工，譬如我的家人早就受不了我的說話方式，他們說我每件事都要話說從頭，不能只講重點、不能講快一點嗎？我說不行，若不把相關背景、來龍去脈交代清楚，你們就不能真正了解我想要傳達的意思。這也算是小說家的強迫症吧。

傳達真誠、真實的情感

寫作常強調情感真實，尤其「真誠的寫作紀律」更是優先守則，我們在現實生活中都不喜歡被詐騙了，難道有人會喜歡讀滿篇謊言的文章？在這裡不是要討論真實與虛構的問題，其實虛構正是文學十分珍貴的特質，而是要強調迂迴曲折，譬如說話，我們通常會直接表達我們的感受，譬如說無聊死了、這個秋天熱爆了、譬如在捷運上看到長者我們會叫年輕人讓坐……，但是更多時候，我們是透過故事來表達感受，因為故事可以表達同樣情感，但字面上不著痕跡。

譬如某天你上課遲到了，可以簡短報告說睡過頭了，但是這個理由很難讓老師同意。如果你多解釋一些，昨天忙社團（或讀一本有意思的書，看一部好看的電影等等），不知不覺晚睡了，所以睡過頭。也許老師還不高興，但是多一點解釋也展示了你的誠意。如果你願意再多說一些，說一個故事，把許多晚睡晚起的原因融合在一起，應該可以打動老師的。

意在言外，勝於全盤托出

說故事的原則是：有的說，有的不說；該說的說，不該說的不說。文學作品帶給我們的享受既是說出來的，也是沒說出來的。文字直接呈現的東西，讓讀者感到歡喜感動，但其他隱藏在字裡行間讓讀者陷入沉思的東西，卻能促使讀者進一步去思考。我們經常從別人的故事中，了解如何思考自己的人生，這是閱讀的收穫，也是許多創作者希望自己的作品能帶給讀者的，可能是具體的感受，也可能是抽象的思考。

以我的文章〈來散步吧〉為例，這篇散文要表達人生許多不得不孤獨的理由，文中的長者因為無法言說的原因，在兒女成家立業離家後，成為獨居老人，兒女平日很少返鄉，和長者的互動不多，但就算是稀少的互動，卻也是這個孤獨老人珍惜的回憶。

故事裡說出人生的孤獨有「英雄豪傑，心比天高，覺眾民渾濁而感高處不勝寒的孤獨；沉潛自求，自願離群索居，追求性靈的孤獨；或是殘弱老病、眾叛親離，孤苦無依……」，老人屬於哪一種孤獨？也許每一種孤獨都含括一部分？這一點意思不必點明，留給讀者自己去想像與詮釋。

〈來散步吧〉（節錄）　文／林黛嫚

為什麼要去散步，這麼久了我其實已記不真切，也許是年節的氣氛，團圓佳節不都該闔家出遊嗎？也許是我覺得他在那藤椅上窩坐，都坐出一凹人形了，想必對健康有損；也許不知道要說些什麼，於是不經意脫口而出，「來散步吧！」，像是早就等著這句話的呼喚，他應聲而起，我們都來不及轉換話題。

外子駕車，到離農家最近的名勝。傍晚的澄清湖除了湖水清澄外，斜薄夕陽掩映更添隱約美感，遊賞、運動的人不少。外子藉口整天開車疲累，要在車內休息，於是我只得和他二人緩步走向湖邊。

晴日雖冷，那經冬陽籠罩整日的湖畔，迎面吹來的風卻是和暖的，但我有些緊張，就算把身邊這人當作自己父親，也不能舒緩幾分繃緊的情緒，因為我也沒有和父親散步的經驗，一家之主為生計忙碌，總是步履匆忙，哪能如此悠閒地踱步？

我側眼看他，原來外子長得像他爸，霸氣的濃眉，粗獷的絡腮鬍，下巴緊抿透露出堅定的意志。我只和他相處半天，以為他並不難處的感覺並不準確，我只是在心中沉吟，這樣一個聰明又努力的人，白手起家，積累了一點財富，卻在經營家庭這一塊吃了敗仗，才到中年，落到親人不願與之相處，在可以安享天倫的老年進入孤獨的人生。我在心中沉吟，他到底屬於哪一種孤獨？英雄豪傑，心比天高，覺眾民渾濁而感高處不勝寒的孤獨；沉潛自求，自願離群索居，追求性靈的孤獨；或是殘弱老病、眾叛親離，孤苦無依……。他那在夕陽光影下更顯明的，揮之不去的孤獨的暗影，到底是哪一種理由？

我不知道他的記憶停留在哪一個時空，我甚至沒和他說上一句話，只是各懷心事沿著湖邊向前推移，走著走著，遊人漸稀，這就是散步吧，再繞半圈就可以提議轉回程。正這麼想，突然，他對著迎面而來的一位婦人，對著從我們身後擦肩的男人，說：「這是我媳婦。」

什麼？這是我心裡的問號。最靠近我們也許聽到他突如其來的這一句話的路人，停下腳步，看了我們一眼，又繼續自己的路程。

「這是我媳婦。」他聽到我心裡的問話，又說了一次。

我看了看他那靦腆而有幾分驕傲的神情，感覺一股熱氣衝上腦門，在眼眶邊繞呀繞，尋找出口。我彷彿明白孤獨的理由了，記得尼采說過：「孤獨是我的原鄉，我純粹、美好的原鄉。」既然孤獨是一種宿命，那麼再多的解釋都是沒有意義的。

引發讀者共感

琦君的〈玳瑁髮夾〉是她的中學回憶，中學生活已經飄然遠去，但圍繞著那支玳瑁髮夾的點點滴滴，沈琪、校長、沈老師、姑媽……，以及中學生活「除了黑色鐵夾子，任何有花的夾子都不許別」的校規，就在琦君玳瑁髮夾的故事中，讓讀者也跟著一起回味無窮。

〈玳瑁髮夾〉（節錄） 文／琦君

那枚真正的玳瑁髮夾，早已不知去向。現在梳妝盒裡保存著的，是一枚深咖啡色塑膠質的、形狀是一隻翩躚起飛的蝴蝶，非常像我幾十年前丟失的那一枚。是我偶然在地下車的小攤位上發現，特地買回來的。有時把它取出摸摸看看，也試著別在頭髮上，但因兩鬢漸稀疏總是滑下來，而且現在也沒有這種打扮了，就把它留下來作紀念。

真的玳瑁蝴蝶髮夾，是早年一位姑媽從上海帶來送我的。當時若是什麼東西從上海買來，就像從美國或歐洲來的一般稀奇。於是我把它帶到學校獻寶，同學們當然搶著觀賞，不勝羨慕。一位有藝術天才的同學沈琪，最喜歡拿人家頭髮變花樣，在自修課時，她用自己口袋裡帶的小木梳，把我又烏亮又多的頭髮，在前額正中盤起二個圈圈。把玳瑁蝴蝶夾子別在髮根。我在小鏡子裡一照，覺得自己像畫裡畫的古裝「美女」，就得意非凡起來。好在下一節是圖畫課，圖畫老師是位溫和的好好先生，我就留著古裝頭捨不得拆掉。

圖畫課堂聲音太吵，隔壁課堂的糾察隊報告了校長，校長就咯咯咯地踩著那雙響亮的拔佳皮鞋來查堂了。一聽到她的皮鞋聲，全堂立刻肅靜得鴉雀無聲，反把圖畫老師嚇了一跳。

校長直向我走來，厲聲地問：「潘希真，你為什麼梳日本頭？」

我才想起自己的三朵花髮髻，卻壯起膽子說：「校長，這是古裝頭，不是日本頭。」

「不管什麼頭，做學生都不准梳，而且除了黑色鐵夾子，任何有花的夾子都不許別，你難道不知道嗎？」

我已經嚇得哭起來了。坐在後排的沈琪，伸手三兩下把我的頭髮抓開，取下了玳瑁蝴蝶夾。

「給我。」校長又大聲地說。

沈琪理也不理，把夾子丟在我的鉛筆盒裡。

「給我。」校長盛怒地伸手去取。

也不知那來的勇氣，我一把將髮夾搶在手裡，揑得緊緊的。

校長說：「我不記你過，但髮夾要留在我這裡，星期六你回家時還你。你在家裡可以戴，外出不穿學校制服時可以戴。但穿制服、別校徽時就不能戴，你記得嗎？」

「校長，她的髮夾是黑的，跟頭髮一個顏色，黑的鐵夾子可以別，為什麼黑的玳瑁夾子不能別，又不是翡翠別針呀！」沈琪毫無忌憚地說。她是班上膽子最大、反叛性最強的。她長得很漂亮，雪白細嫩的皮膚，紅紅的嘴唇，校長老是冤枉她搽抹胭脂，氣得她直跺腳。有一次，她硬是拉著舍監「裘奶奶」（同學們背地裡對舍監的稱呼）到盥洗室，當著她用肥皂毛巾使勁地擦臉給她看，要她向校長證明，她的白裡透紅是天生麗質，不是搽粉抹胭脂，因此「裘奶奶」和校長都很不喜歡沈琪。有一次，沈琪從家裡帶來一隻翡翠別針，別在白制服大襟前，被裘奶奶一眼看見，一聲不響地就伸手把它摘下來，交給了校長。校長把沈琪叫到辦公室，狠狠給她了一頓大菜（我們稱訓斥為「吃大菜」），說她太貴族氣，怎可把貴重首飾帶到學校裡來，完全忽視校規，要被警告一次。翡翠別針由校長收著，當面交還她母親。

（中略）

幾十年來的生活變遷，許多心愛的紀念品都散失了。玳瑁髮夾固已不復存在，而這個形狀相似的塑膠仿製的蝴蝶夾，仍使我想起少女時代的頑皮憨態。攬鏡看兩鬢飛霜，不免對自己莞爾而笑！

——選自《一襲青衫萬縷情》，爾雅出版

過了許多年，兩鬢飛霜的琦君，藉著回憶自己的中學往事，而想起少女的頑皮憨態，後來閱讀此文的讀者，看到這兒，也不禁要攬鏡自照，回顧自己的少女（年）時代，莞爾而笑。這是琦君說的個人的故事，牽動的卻是眾人的共同經驗。

同一件事，多種寫法

前面談過寫作公式化的問題，寫作有公式嗎？升學考或國考的補教名師一定說有，而且確實也有一套公式化的寫作方式，講哪一方面的道理用哪幾個成語或背哪些偉人的格言，但是這種集體訓練出來的寫作方式，在大型考試卻可能造成反效果，試問閱卷的教授們看到不同的作文卷，幾近相同的寫作內容，是什麼感受？第一份閱到的卷子也許能拿到不錯的成績，第二份，第三份，第十份呢？

誠然，公式化的寫作很難成就一篇好文章，但是若當作一種練習方式，也未嘗不會有可觀的成果。譬如同樣一個故事，用不同的幾個題目試寫，實驗一下是否會有不同的表現，這是在寫作訓練中「一題數寫」的練習，那麼換個角度想，這種「一題數寫」是否也可以略為調整，變成「一事數寫」？也就是同一件事用幾種不同方式來書寫，然後檢視這些不同的寫法，便會發現在這樣的書寫過程中，等於從不同的角度看這件事，而使得觀看的視角更加圓熟，最後加以整合，如此寫出來的故事應當可以把缺失降到最低。

一點線索，化作內心小劇場

寫作也是一種思考訓練，藉由不斷記憶、聯想、判斷、質疑、求證的過程，養成求知存真的思考習慣，使得思慮更臻縝密，寫起文章來自然也就條理分明。

至於故事從哪裡來呢？

故事不會憑空出現，但也不是和靈感一樣可遇不可求，故事除了發生在自己身上，和親近的人有關，更多的是從陌生人的經歷中組織而成。

從前以公車為主要交通工具時，我有一段時間常常要搭公車從南港到公館，基隆路一段到四段這長長的橫貫南臺北的重要幹線，尖鋒時段幾近要走兩個鐘頭，這麼長的交通時間，除了睡覺就只能東張西望。幾個月下來，我對基隆路沿線的店家可說相當認識，在和平東路前一個巷口三角地帶有個文具店，老闆是個胖胖的中年人，不管熱天冷天常常是長袖襯衫搭一條及膝的中短褲，寒流來時頂多加一件灰夾克，下身仍是中短褲，腳上是一雙皮拖鞋。他的長相和打扮提供給我的訊息是外省人、老榮民等等。我坐的基隆客運經過他店門前通常是七點半左右，每天這個時候，公車停在紅燈前的車陣中，剛好有一分多鐘讓我看著老闆升起文具店的鐵捲門，把一座一座大型雜誌架放到騎樓的大柱子旁，開始一天的營業。

如果我每天經過，就每天準時收看，但是——

但是有一天，文具店的鐵捲門嚴密地闔緊著，我坐的公車停留期間老闆的身影沒有出現。

老闆怎麼了？發生了什麼事？今天是公休日嗎？是稍晚才會開始營業嗎？第一次發生，我有這些疑問，第二天鐵門依然深鎖，第三天，第四天……

關於文具店的老闆，每個人都可以有許多想像空間，也許他返鄉探親了，那是個許多老榮民返鄉探親的年代；也許他生病了，胖胖的身子容易讓人聯想心臟病發作；也許他不想再每天守著這個店，而出遠門展開一次長長的旅行，就像茱莉亞・蘿勃茲主演的電影《享受吧！一個人的旅行》……

這些不斷聯想、疑問、解釋、發明的過程可以是一首詩、一篇散文或一部小說，即使什麼都不寫，在腦中構思一番，也是在寫文章了。

下面這篇〈電影院的故事〉把說故事的許多原則實踐出來了。

題目是電影院的故事，說的卻是人的故事，作家張翎原著《餘震》裡在唐山大地震中喪生和倖存的人的故事；我和病體孱弱的母親看的唯一一場電影《安平追想曲》，以及我的朋友的人生停留在當年那場電影的緣由……，許多人的故事從電影院開始，就連告訴我上海的電影院豪華程度的友人，那種鄉愁的展現，都有另一段故事可說。

〈電影院的故事〉文／林黛嫚

移居上海的朋友告訴我，上海幾家新開幕的電影院，環境清淨、裝潢新穎高雅、座椅舒適寬敞，螢幕大、音響好，比臺北的威秀影城還豪華，當然票價也很高檔。

我了解友人這段豪華觀影評點，其實是一種鄉愁的展現，努力挖掘異鄉生活的樂趣，或許能稍稍驅趕一些想家的情緒吧。不過他的敘述仍然撩起我的遐想，梭巡記憶中的旅遊，竟然沒有在旅程中看電影的經驗。一趟難得的旅程，當然行程匆忙，具特色不得不看的戲劇、音樂會之外，怎可能安排兩個多小時去看在臺北（甚至世界各地）也能看到的電影？記得多年前在北京，要去民族宮大劇院看戲，途中經過一家電影院，大幅的彩色電影看板張在那兒向路人招手，我腦中突然閃過一個念頭，這電影說不定比什麼京劇話劇好看呢。

某一次參與兩岸交流，看電影居然列為正式行程，因為我們到了唐山，而由官方出資的電影《唐山大地震》才剛正式上映，於是看電影不只是休閒娛樂，更成了正經事。

我們從保定到唐山，走了四個小時三百多公里的路程，若加上從北京到石家莊再到保定，可說走了千里路，繞了大半個河北省到這兒，更不用說還有臺北到北京的航程呢，要這樣的盛情可感，才匹配得上電影如此龐大的投資吧。

新華電影院是唐山最早的電影院之一，二十世紀四〇年代初開始放映電影。一九七六年唐山大地震毀於一旦，一九八五年復建。根據網站介紹，這家電影院經營績效良好，全年放映電影七千五百多場，放映收入居唐山市之首，河北省第二名。意思是這是唐山最好的電影院了。從手上握著一小張，薄得放到口袋可能一下子就找不到的電影票開始，我覺得自己彷彿走進了時光隧道。

在我關於童年的有限記憶中，和母親去看電影一直鮮明地珍藏著，那畫面甚且因為是黑白的，隨著時日遷移並不褪色。傳統農業社會，長姊如母或長嫂如母是尋常事，父親的最小妹妹就幾乎是母親帶大的，當母親因病臥床之後，探視最勤的也是小姑媽。某一次在小姑媽來過，紅著眼眶離開之後，母親竟然起身梳妝，拿出她最漂亮的洋裝穿上，對我說：「要不要跟媽媽去看電影啊？」從我家到大街上唯一的電影院大約要步行二十分鐘，以母親病中孱弱的身子來說也是件辛苦事，不過像是要赴一場盛宴，興奮的情緒遮蓋了一切。看完回家的路上，我腦海中還盈塞著楊麗花穿著白洋裝在海邊等待愛人的畫面，轉頭望著身邊牽手的母親，這才發現，不知何時，母親蒼白的臉上竟出現兩行淚痕。

來臺北讀書後，我很喜歡看電影，不管歡樂或哀傷，電影院永遠是我慶祝或逃避的地方。有一次和好友提起，她也告訴我她和電影院的故事。小時候，她的父母親感情不好，經常吵架，做孩子的當雙親爭執時，只有躲得遠遠的，反正吵過就好了，久了全家人也就習慣了。有一次母親說要去看電影，竟然只讓她同行，弟弟、妹妹都不許跟，說是姊姊最大，才看得懂電影。她牽著母親的手，回頭看小弟、小妹，簡直得意得要飛上天了。那天晚上，她在甜蜜的笑意中入睡。第二天醒來，母親帶弟妹離開了，把她留給父親。此後，她無法再走進電影院看電影，直到在母親的喪禮上，弟弟告訴她，母親從不看電影，更別說進電影院，問母親，只說：「最好的電影我看過了」。

這是可以寫成長篇的故事，卻被我講成了極短篇，《唐山大地震》何嘗不是？這麼多人的漫長人生，數十年的光陰，濃縮在兩個多小時的大銀幕裡。當母親元妮和女兒方登和解時，我想全場的人都一樣，明明知道導演在騙你的眼淚，還是忍不住跟著落淚。

這部電影講述一個「二十三秒、三十二年」的故事。一九七六年七月二十八日凌晨，一場七點八級的大地震將唐山在二十三秒之內變成一片廢墟。一個年輕的母親在面對兩個孩子只能救一個的絕境下，無奈選擇犧牲姊姊而救弟弟，這個決定改變了整個家庭的命運，讓災後倖存的人——包括母親、姊姊、弟弟，都陷入一個震後三十二年的情感困境。改編自旅美華裔小說家張翎的原著小說《餘震》，一個評論簡潔有力，「原著寫痛，電影寫溫暖」。

走出新華電影院，先前似乎下過雨，地是溼的，電影中的畫面還盈滿腦中，除了唐山大地震，什麼都沒辦法想。先前從傳媒鋪天蓋地的宣傳中，我早已經知道電影的票房、導演的手法，以及演員的表現還有諸多影評人的評語等等，電影本身如何呢？那似乎已經不重要了，坐在電影院裡的人都和劇中人物一樣經歷了一場大地震。

原來電影院是療傷止痛的地方，尤其是陳舊、吵雜充滿懷舊氛圍的老電影院。

六、描述心情，讓感覺變立體

每個人的人生都是從一聲啼哭開始，當我們還是嬰兒時，我們無法告訴別人我們的需求，於是肚子餓了、尿布溼了、想要母親溫暖的懷抱等時候，只有一個動作，哭。哭是嬰兒唯一表達情緒的方式，然後我們學會說話，學會寫字，開始可以用語言文字，甚至肢體語言來表達自己的需求以及和別人溝通。當我們還是孩子時，表達情緒的方式還很直接，我生氣了、我很傷心、我不想說話、我太開心了……，隨著年齡的增長，人生經驗越來越豐富，人類的情緒越來越多元，如何準確傳達自己的情感，就成了生活的重要課題。

體察幽微的感受

抒情力是指了解自己的感受，也能體察他人的情感，熟悉人與人的巧妙互動，以及在細微事物間發覺意義與目的的能力。知道如何抒發自己的感情，也才能產生同理心去理解別人的感受。二〇〇九年八八風災，高雄縣小林村慘遭土石流掩埋滅村，據報導指出，居然有人說，「小林村民搬到山下住不就不怕土石流了」，這樣的言論若是小學生所說也就罷了，我們可以說小學生天真少見識，可是這說法卻是出自大學生，那便是缺乏同理心的現象，無法站在原住民他們世代居住山林的立場去思考問題。

文學家擅長探究事情的意義，以及發覺細微的心靈境界，人與自然萬物，人與人之間的巧妙互動，透過文學家的描繪，那似有若無的感情便具體起來。

舉例來說，有時候我們心情不好，情緒低落，如果有人看到平日開朗歡笑的你竟然臉色凝重、沉吟不語，而關心詢問，當下或許也可以解釋是因考試沒考好、求職面試了十幾場還是沒找到工作、上司交辦的事弄砸了被削了一頓，或是多年好友遭逢變故替他難過……，但這些說法只是交代情緒低落的緣由，卻沒有形容出心情狀態。正因為情感是這麼抽象的東西，我們寫作時，要為這種抽象的情緒立體描寫，讀者才更能掌握到你所傳達的正確的訊息，就不至於文字明明是寫某人很難過，讀者看了卻不覺難過，甚至哈哈大笑起來。

把抽象的心靈境界「形象化」

宮部美幸在《Level 7》書中是這麼形容一個男人心情低落，「他在往下墜落。明明應該只是一瞬間，但在記憶中，時間卻延長了好幾倍，感覺上似乎永遠在不停墜落。每當又這樣『發作』時，男人總是來到這種高處，像小孩唸咒似地在心中告訴自己：已經不會墜落了，已經沒事了。」讀者看了，想到自己去遊樂園搭雲霄飛車等刺激的遊樂設施，飛車下墜時，那種心頭揪緊、臟器扭結的痛苦感覺，免不了產生「啊，原來情緒低落就是這樣啊！」

再舉一個簡單的例子，如果我們想告訴別人這個夏天天氣很熱，熱到什麼樣子呢？英文諺語「dog-days」意思是大熱天，熱得人無所作為、無精打采的日子，看到這個詞就想到一隻狗懶洋洋躺在陰影裡避暑的畫面。又或者換幾個說法，柏油路面像蒸軟的橡膠；太陽亮晃晃照得人睜不開眼睛；曝晒在太陽底下的機車騎士都包裹得緊緊唯恐晒傷……。這些描述固然可以使讀者想像出溫度高的狀況，但如果像吉田修一《橫道世之介》寫的，「世之介不再遲疑，飛快脫掉T恤和短褲，站在甲板的前端，惦了惦腳尖，隨即一股作氣，縱身跳起。世之介只覺得胸膛一熱，原來是太陽輕啄他的胸口，接著身體很快接近水面。」用「太陽輕啄他的胸口」形容熱的程度，讀者立即可以連結自己走在大太陽下，太陽的熱力照在裸露的手臂上，果然是「太陽輕啄我的手臂」，有那種像被小鳥啄了一口的刺痛感。那麼「熱」這個名詞，就從摸不著的抽象意思，而有了「被啄了一口」的立體感覺。

現代人常有的情緒障礙如憂鬱症，我有些朋友罹患此症，但憂鬱也是一種很抽象的感覺，沒有這種病症的人很難理解憂鬱症發作時到底是什麼樣子？我一位有憂鬱症的朋友敘述給我聽，「每到夜裡兩點，我就感覺頭上飄來一片烏雲，把我整個人罩住」。是啊，如果全身被烏雲籠罩，你走到哪兒，它跟到哪，當然快樂不起來。這樣一描述，我就聽懂了，憂鬱一詞也彷彿立體起來。

作家從他們的生活經驗出發，把各種感情傳達得絲絲入扣，再舉一個例子，「祕密」是名詞，把許多不想讓人知道、要埋藏在地底、在心靈深處的物事包攏起來，如果要解釋「祕密」這個詞彙，可以利用許多「祕密的事件」，讓「祕密」不再只是抽象的詞彙。看完下面這篇文章，不妨試著描繪自己的心情、形容一些抽象的狀態，讓感情立體起來，假以時日，必會豐富寫作的抒情力。

〈祕密〉　文／林黛嫚

祕密要成為祕密，不被發現或公開，到底要存在哪些要件？

祕密的本質？如果只是，我告訴你喔，巷口那家雜貨店的老闆娘每天麵包剛出爐前都會在店的後門口抽一根菸，雖然不是什麼大不了的祕密，不過我想她一個人站在門扇半掩的後門口抽菸，大約也是不想被人看見吧，所以你還是別說出去。

或者是，告訴你一個祕密，前兩天我開車上班，要上高速公路前，發現很多車走另一條小路，我好奇跟上去，結果你猜怎樣？從那條小路上去居然可以進入休息站，然後上高速公路，剛好躲過一個收費站，以後我每天都要走這條路，一個月可以省下不少通行費呢，我只告訴你，別讓太多人知道，要是大家都走那路，通路被封起來，大家都別走了。

還是，我們公司員工餐廳漏開發票被財政單位開罰單，你知道是誰去檢舉的嗎？我知道……誰叫那個工讀生每次秤自助餐算錢總是多五到十塊，我排隊結帳都會注意是不是排在他那一排，一定是每次結帳時都對他大呼小叫那個企畫部新來的，我看到他偷偷摸摸在打公共電話，這年頭大家都有手機，還有誰會用公共電話？第二天稅捐處的人就來了。

也可能是，你不是爸爸媽媽親生的孩子，某一個暴風雨夜，咆哮的風雨聲中夾雜著嬰兒的哭聲，打開大門就看見用舊報紙包裹著的你，全身都溼透了卻還活得好好的，不過，我們可都不打算告訴你這個祕密……

掩著口，找個陰暗的角落，左顧右盼遮遮掩掩，有人靠近就噤口，這樣傳播的訊息不見得真是祕密，像前面說的這些，本質上也稱不上祕密，連滿足好事者的好奇心都不能，真正的祕密若要不被發現，關鍵是知道這個祕密的有多少人，只有一個人知道的祕密永遠不會揭穿，只要當事人守護這個祕密。如果是兩個人，三個，甚至四個人一起守住的一個大祕密呢，能不能守得住？

七、辨析事理、言之有物、見解獨特

世界越來越大，原本的沼澤與荒漠，如今可能是繁華街市，科學發展更把許多想像實踐了，類似電影《星際特工瓦雷諾：千星之城》中和我們生活空間平行的另一個維度，將來也可能真實存在。

世界也越來越小，哥倫布從西班牙出發到大西洋，經過七十個日夜才終於在海上發現新大陸，而這段旅程如今可以縮短到幾個小時；張騫通西域要走上一年的行程，現在也是幾個小時航程就可以從北京到烏魯木齊。

正因為世界在變化，人與人之間需要相互溝通、說服、討論的內容也越來越多。加上網路搜尋資料快速豐富，每個人都可以自認為是「達人」，要如何讓別人接受你的想法，要如何把道理說清楚，就考驗著我們的寫作表達技巧。

我在課堂上問學生，「為什麼要寫論說文？」學生回答說：「因為出題的老師要我們寫論說文」，這當然是玩笑話，寫論說文的目的一是辨析事理，就是把事情道理講清楚；二是判斷是非，誰是誰非，真理越辯越明；三是說服對方，以寫作來說就是說服讀者。

論說文，就是說明和議論的文章，說明文重在解釋名物、傳授知識、釐清真相、剖析事理；而議論，則多半是說明之後的推論、闡釋和引申。不管是要說明或議論，原則都是要界說明確、論述客觀、例證真實、說理周延，並且要言之有物、言之有序。

這些原則說起來容易，做起來卻不簡單，論說文是各類考試中最常出現的體裁，出題考官要藉由考試文章測驗出考生議論說明的能力，那麼，如何才能寫出和別人不一樣見解的文章？

以下面這篇〈一生當著幾兩屐〉為例，本文的主旨雖然在最後一段所闡明的「珍惜所有，讓生命減少感嘆和惆悵」，但此文為何要發出這樣的呼籲呢？因為作者某天起床雙腳不適，求醫之後，發現癥結是要穿一雙好鞋走路。因為醫生要他穿好鞋走路，於是開始早年穿鞋的回憶，引出「人一生到底要穿多少雙鞋」的思索。作者從這個發現出發，引用古人阮孚「一生當著幾兩屐」及蘇東坡的「人生看得幾清明」的慨嘆，人生有涯，又嫌苦短，一生能穿幾雙鞋，能過幾次清明節？所以啊，珍惜眼前所有，好好走路，好好生活，讓生命減少感嘆和惆悵。文章短而簡明，卻寓意深遠，自然可以辨明事理而且說服讀者了。

〈一生當著幾兩屐〉文／黃啟方

清早準備起床，竟感覺兩腳都不對勁，左腳拇趾關節腫脹而抽刺，右腳後跟緊繃而微微作痛；兩腳同時出了狀況，真的是舉步維艱呀！左腳拇趾顯然是「痛風」開始發作，右足跟比較嚴重，又不知究竟是怎麼回事？「怎麼搞的！」心裡嘀咕著。於是一大早連拖帶挪的到鄰近診所求診。醫生問了問，就說左腳拇趾是痛風沒錯，右腳跟是「肌膜炎」，也就是「肌腱炎」。開了藥，交代要「冷敷」，必須少走路，並且應該要有一雙好鞋子。對我來說，走路已經成為習慣，一個早上不走就會覺得不對勁，卻向來不太注意該穿什麼樣的鞋子，都是套上最簡便的鞋子就出門了，如此這般，總是不當回事，這下終於要自食其果了！

講起鞋子，就想起六十年前的往事。那年六月，小學就要畢業，有一天，級任老師說第二天全班要拍畢業照，交代大家要盡量「穿鞋子」——平日學生們幾乎都是打赤腳的。第二天，提著母親剛買不久並且是大一號的球鞋，懷著興奮又莫名的心情上學。照相時，仍然有同學沒有帶鞋子；老師要帶了鞋子的同學都穿上，坐在第一排

（比較整齊）；團體照照了後，穿鞋子的同學幾乎又都脫了鞋子，可能大家的鞋子都大了一號，穿著反而不自在吧！如果從六十年前穿的那雙球鞋算起，這六十年間不知換穿了幾雙鞋子？不免讓人想起「一生當著幾兩屐」的慨嘆！

大約是曹魏齊王芳正始六年時，稽康、阮籍、山濤、劉伶、向秀、阮咸、王戎七位名士，常有「竹林之遊」，遺落世事，嘯傲人間，號稱「竹林七賢」。其中阮咸是阮籍的侄兒，喜歡彈琵琶，曾經自造樂器，五弦十三柱，像琵琶，卻是正圓的造型，俗稱「月琴」，或就叫「阮咸」。阮咸的兒子阮孚，也是彈琴高手，又特別喜歡穿「木屐」；朋友去見他時，看到他親自給木屐上蠟保養，並且對朋友感嘆說：「未知一生當著幾兩屐！」「幾兩屐」就是「幾雙木屐」。阮孚只活了四十九年，他一生究竟「能著幾兩屐」呢？

七百多年後，剛到徐州不久的蘇東坡，在過清明節時，寫了一首〈東欄梨花〉詩：「梨花淡白柳深青，柳絮飛時花滿城。惆悵東欄二株雪，人生看得幾清明。」這「人生看得幾清明」的惆悵，不也就是「一生當著幾兩屐」的感嘆嗎？東坡當時已經歷了四十一個「清明」了，未來還能「看得幾清明」呢！阮孚感嘆的或只是自己的「一生」，而東坡說的更可能是所有人的「人生」！

還是好好珍惜自己的「鞋子」吧！好好的走路，好好的生活，好好的讓生命減少感嘆和惆悵！

——選自《聯合報．副刊》，2014年12月19日

八、善用修辭技巧*

文章寫得讓讀者覺得優美，文句呈現的樣貌占很重要的部分，就像人與人第一印象是長相如何，外貌先打個分數，其次姿態與談吐可以加減分，因此鍛字鍊句的功夫，是寫作訓練的重要步驟。

*本章節參考黃慶萱，《修辭學》，臺北：三民書局。

「修辭」一詞廣義是文辭的修飾，也就是雕琢字句，狹義則是研究修辭的學問，透過專業技能，達到表意方法的調整、優美形式的設計。修辭學的研究屬於學術範疇，但把修辭學中較常見、較平易的內容拿來活用，掌握核心概念，取精用宏，那麼不管是文章的賞析，或是寫作時運用詞句，都有很大幫助。

修辭是寫作技巧，也是表現的藝術，不僅要鍛鍊字句、修飾文辭，也是在雕飾與自然、摹擬與創造、命意深長和文字新麗中求得平衡。李白詩所說的「天然去雕飾」和金代詩人元好問所說的「一語天然萬古新，豪華落盡見真淳」，是同樣意思，都是說文章固然要雕飾，但最高境界卻是繁華落盡，只見真淳，只見天然。歐陽修說的「狀難寫之景，如在目前；含不盡之意，見於言外」，或許正是修辭要追求的終極目標。

在運用修辭學的辭格時，首先要想到修辭的精神是「修辭立其誠」，意思是撰文著書等立言行為要真實無妄，也就是我們使用任何修辭方法時，首先要問問本心，要求修辭立其誠，和寫文章提醒應表現出作者的真實意圖，不可虛飾浮誇的原則是一致的。

只不過修辭學中的辭格數量眾多，各家說法不一，若要全部學習運用，過於費時，且流於瑣碎，以下略舉較為淺顯、較常使用的幾個辭格來說明舉例，若能熟悉運用，對於寫作，當更能增強戰力。

（一）譬喻：用舊經驗引起新經驗

譬喻又稱為比喻、比方，這是一種「借彼喻此」的修辭法，正如黃慶萱在《修辭學》書中所言，「凡兩件或兩件以上事物中有類似之點，說話、作文時，運用『那』有類似點的事物來說『這』件事物的，就叫『譬喻』。」透過譬喻可以把我們陌生的東西變成熟悉的，把深奧的道理用簡單的方式來理解，也可以讓抽象的事物變得立體。每個人的人生經驗都局限於自己的生活層面，寫作時使用譬喻也就是用舊經驗來引起新經驗，新經驗又可以作為下一個舊經驗來譬喻，如此生生不息，詞彙的運用就可以越來越豐富。

譬喻是文學中最基本也是運用最廣的修辭法，古詩古文中不勝枚舉，「夫天地者，萬物之逆旅；光陰者，百代之過客」（李白《春夜宴桃李園序》）、「停車坐看楓林晚，霜葉紅於二月花」（杜牧《山行》）、「問君能有幾多愁，恰似一江春水向東流」。（李煜《虞美人》）

現代文學中的例子也很多，「生命是一襲華美的袍子，爬滿了蚤子」（張愛玲〈天才夢〉）；「時代像篩子，篩得每一個人流離失所，篩得少數人出類拔萃」（王鼎鈞〈一方陽光〉）；「人生應該是釀一壺美酒，和續情的人曲水流觴」（簡媜〈女子便是好〉）；又如琦君這句，「我想女性本身也許就可以象徵美。世間沒有女性，就如庭園中沒有姹紫嫣紅的花朵，怎能襯托出綠葉扶疏之美」（琦君〈談美〉），用庭園中沒有花朵比喻世間若是沒有女性，將是多麼單調，呈現譬喻修辭是著眼於真實空間，整合人與物，物與物、抽象與具體之間的類比關係。再如楊喚的〈小樓〉：「當風和雨在暗夜裡突然來訪，這小樓乃如一株落盡了葉子的窗；那憂鬱的夢啊，是枚白色的殼，我啊，就是馱著那白的殼的蝸牛。」這首詩運用了許多譬喻，「小樓如落盡葉子的窗」、「夢是一枚白色的殼」、「我是馱著殼的蝸牛」都是譬喻，這些譬喻既創新又具體，豐富又多所變化，讓詩的意象鮮明而突出。

（二）轉化：轉變性質化成不同事物

描述一件事物時，轉變它原來的性質，化成另一種本質截然不同的事物，而加以形容敘述的，叫做「轉化」，也可稱作「比擬」。

寫作時常用的擬人化就是轉化的一種，如「粉紅的海棠，含著幸福的微笑」（謝冰瑩，〈愛晚亭〉）、「我們是一列樹，立在城市的飛塵裡」（張曉風〈行道樹〉）、「那些白色的精靈們／他們為山峰織了一冬天的絨帽子」（瘂弦〈春〉）。「無言獨上西樓，月如鉤。寂寞梧桐深院，鎖清秋。」李後主這首大家耳熟能詳的詞句，用寂寞來形容梧桐，使得梧桐人性化，用動詞鎖住清秋，則使得秋天形象化，這都是轉化的作用。兒童讀物裡運用擬人化的例子很多，在兒童的世界裡，萬事萬物無論有生命、無生命都是可以說話的對象，而且把萬事萬物都當成和人一樣去對應，更容易產生共鳴。

轉化修辭除了擬人，還有擬物，就是把東西比擬作人，譬如〈木蘭詩〉「雄兔腳撲朔，雌兔眼迷離；雙兔傍地走，安能辨我是雄雌？」這幾句詩說的是當我們提着兔子的耳朵懸在半空時，雄兔兩隻腳時常動彈，雌兔兩隻眼時常瞇着，所以能辨別出雌雄。但是若雄雌兩隻兔子一起並排著跑時，又怎能分辨哪隻是雄兔，哪隻是雌兔？這幾句詩還發展出「撲朔迷離」這句成語，由此可見語言的豐富與變化無窮啊！

轉化和譬喻有點相似，都用兩件不同的事物來修飾，但譬喻是「這個」和「那個」之間的相似點，如小女孩的臉頰紅通通像蘋果，紅臉頰和紅蘋果都有圓圓紅紅的相似點，這是譬喻；而轉化則是就兩件不同事物的可變化處來著筆，把甲物獨有的稱謂、動作，型態等，拿來描繪乙物，和譬喻還是有差別的。

又如這首詩，「他們說／在水中放進／一塊小小的明礬／就能沉澱出／所有的

／渣滓／那麼／如果／如果在我們的心中放進／一首詩／是不是／也可以／沉澱出所有的／昨日」（席慕容《試驗》），詩人使用前後結構相似的字句，讓「水中放明礬沉澱渣滓」與「心中放詩沉澱昨日」互相對照，這也是轉化辭格的運用。

（三）摹況：描述所感受到的境況

對自己感受到的各種境況，特別是其中的聲音、色彩、形狀、氣味、觸感等，恰如其實地加以形容描述，叫做「摹況」。簡單來說，我們口語中常常提到的描述、形容，就是運用了摹況修辭。

摹擬真實是藝術家必備的能力，畫家繪畫、音樂家彈奏音聲、舞蹈家擺動節奏，文學家把眼見耳聞化為文字等等，都是對真實遇見與感受的大自然或是人生的各種現象的摹擬，摹況正是把真實世界主觀書寫出來的一種方式。

譬如這段文字，「旭日現身之前，周圍布著朝雲被光芒點燃得十分絢爛，由酒紅金黃而淡紫薄藍，姿態如馬之奔騰、鳥之高飛、水草之曼舞，彷彿只為我示現。

我總是靜靜沉醉，完整的承接一天中最富麗的景色。轉瞬，破曉儀式完成，日光大白，鳥啼聲傳來。」（簡媜《老師的十二樣見面禮》）日出景觀在簡媜的摹況下栩栩如在讀者眼前，我們也彷彿跟著作者完成了破曉儀式。

又如，「遠遠有兩個刑警，大搖大擺，向蓮花池子這邊跨了過來。他們打著鐵釘的皮靴，在碎石徑上，踏得喀軋喀軋發響。我們倏地都做了鳥獸散，一個個溜下了石階，各分東西，尋找避難的地方去了，我們的楊教頭，領著原始人阿雄仔，極熟練、極鎮定的，混入了播音臺前的人群裡。於是，我們蓮花池畔的那個王國，驟然間便消隱了起來。」（白先勇《孽子》）警察驅趕在公園裡聚會的青春鳥，「鐵釘皮靴踏在碎石徑上的喀軋喀軋響」，喀軋得人心也慌亂起來，可見這個摹況多麼寫實。

（四）映襯：以相反的事實作對比

在語文中，把兩種不同的，特別是相反的觀念或事實，貫串或對列起來，相互對比，互為襯托，讓語氣增強，使襯出的兩種情形，成為強有力的對照，這種辭格，叫做「映襯」。

「昔我往矣，楊柳依依；今我來思，雨雪霏霏」（《詩經・采薇》）短短十六個字，把征人長久服役於外的寂寞悲傷，利用相反情境對照得非常鮮明。

「燕子去了，有再來的時候；楊柳枯了，有再青的時候；桃花謝了，有再開的時候。但是聰明的，你告訴我，我們的日子為什麼一去不復返呢？——是有人偷了他們吧；那是誰？又藏在何處呢？是他們自己逃走了吧；現在又到了那裡呢？」（朱自清《匆匆》）

在這段文字裡，燕子去了會再來，楊柳枯了會再青，只有時間一去不復返，就是用相反的事實貫串、對列起來，相互對比，增強語氣，讓實物和時間，成為強有力的對照，這樣的表現方法，就是「映襯」。

顏崑陽的《智慧就是太陽・狗的研究》其中一段，也是個好例子：

「狗是我們的鏡子，那些『狗態畢露』的人也是我們的鏡子。然而，為什麼這文明的人間，卻還是到處在發生『人咬狗，一嘴毛』的醜事？智慧的人，從別人身上看到自己所欠缺的美德；沒智慧的人，從別人身上看到自己還未滿足的欲望。當你站在旁邊罵別人『狗咬狗』的時候，是否也想張開利牙，找一隻你討厭的狗，咬牠個滿嘴皮毛呢？那麼，小心回頭看看，可能正有人冷眼等著看你的『狗態』了。」

文中「智慧的人，從別人身上看到自己所欠缺的美德；沒智慧的人，從別人身上看到自己還未滿足的欲望。」這是一句映襯的句子，智慧的人、沒智慧的人是什麼樣子相互對比，進一步看，「你站在旁邊罵人狗咬狗，可能有人也冷眼看著你的狗態」，這種場景似乎也是互相襯托，而歸結出作者想要傳達的意旨：狗是我們的鏡子。

白先勇在《永遠的尹雪豔》一書中，描寫主角的形象十分鮮明，「尹雪豔總也不老。十幾年前那一班在上海百樂門舞廳替她捧場的五陵年少，有些天平開了頂，有些兩鬢添了霜，有些來臺灣降成了鐵廠、水泥廠、人造纖維廠的閒顧問，但也有少數卻升成了銀行的董事長、機關裡的大主管。不管人事怎麼變遷，尹雪豔永遠是尹雪豔，在臺北仍舊穿著她那一身蟬翼紗的素白旗袍，一徑那麼淺淺的笑著，連眼角兒也不肯皺一下。」

這個例子裡，從前在上海的五陵年少，現在禿頭、兩鬢添霜了，只有尹雪豔總也不老，連眼角也沒有一絲皺紋，用那些已老少年，映襯尹雪豔的不老。人生啊，不只是外貌的變化，大多是下降的曲線，連人事也是，從前的大老闆，現在的閒顧問，尹雪豔的「永遠」，除了看似青春的外表，也有那仍然周旋於眾多男性間的交際手腕，這是另一個更深層的映襯。

（五）對偶：相近之語法字詞意義成對排列

把字數相等、語法相似、意義相關的兩個句組、單句或語詞，一前一後，成雙成對排列在一起，叫做「對偶」。

對偶也是很容易用到的修辭方法，因為對偶這種辭格既是大自然的奧妙本能，也根源於人類心理中的聯想，看到「狗」聯想到「貓」，因為都是毛小孩；看到「菊花」想到「向日葵」，因為都是黃色的花；也有因為經驗相近而產生的聯想，譬如說到「櫻花」，就想到日本；「春花」和「秋月」聯結，「香草」則答以「美人」。人事、物情本來就有許多都是成雙成對的，如兩隻眼睛、兩個耳朵，古代一些建築、器物的圖案也是兩兩相對，聯想作用可以把這些成對的現象聯結起來，所以作為語言藝術的文學，也有對稱的講究，古文中例句很多，「選賢與能，講信修睦」、「月明星稀，烏鵲南飛」、「樹欲靜而風不止，子欲養而親不待」等，都是耳熟能詳的對偶例句。

又如，陳之藩〈失根的蘭花〉中，「到渭水濱，那水，是我從來沒有看過的，我只感到新奇，並不感覺陌生；到咸陽城，那城，是我從來沒有看過的，我只感到它古老，並不感覺傷感。」

在這段文字，前頭的渭水濱和後頭的咸陽城，字數相等，語法相似，意義相關，前後成雙成對的排列在一起，目的是把對渭水濱和咸陽城的感情投射在一起。

句式整齊，讀起來有規律，輕易就能記住，也感受到作者為何要對偶的用意，這是對偶的功用。兩兩相對是對偶，若詞或句的整齊在三句以上，那就是排比。

（六）排比：三或三個以上結構相似

用三個或三個以上結構相似、語氣一致、字數大致相等的語句，表達出同範圍同性質的意象，叫做「排比」。

運用對比（正反相對）、排比（三個或三個以上相似的結構），兩者互相配合，最能推展開，增廣文義，也能產生節奏，加強氣勢。

詩歌運用排比修辭非常普遍，余光中的〈鄉愁四韻〉就是最好的例子：

給我一瓢長江水啊長江水／酒一樣的長江水／醉酒的滋味／是鄉愁的滋味／給我
一瓢長江水啊長江水

給我一張海棠紅啊海棠紅／血一樣的海棠紅／沸血的燒痛／是鄉愁的燒痛／給我

一張海棠紅啊海棠紅

給我一片雪花白啊雪花白／信一樣的雪花白／家信的等待／是鄉愁的等待／給我一片雪花白啊雪花白

給我一朵臘梅香啊臘梅香／母親一樣的臘梅香／母親的芬芳／是鄉土的芬芳／給我一朵臘梅香啊臘梅香

這四段詩句分別詠嘆長江水、海棠紅、雪花白和蠟梅香，同樣的句式表達出鄉愁這個同範圍同性質的情感，也因此適合改編成歌曲吟唱。

再以陳之藩的〈垂柳〉為例：

濃綠的柳枝後面，襯景是變換的；有時是澄藍，那是晴空；有時是乳白，那是雲朵；有時是金黃的長針，那是陽光；有時是銀白的細絲，那是月色。柳枝與柳葉，似乎在時間上沒有多少變換，在空間下沒有多少位移。

陳之藩描寫變換的襯景，連續用了四個句子形成排比，每一個句子都獨立表現出一個鮮明的景象，全部五句合起來又構成了濃綠的柳枝其後變換的襯景，這就是使用恰當的優美排比。

句式排列整齊，可以使句子產生雄壯奔騰的感覺，句式重複讀起來會產生節奏感，透過這個修辭方式，說理、敘事、寫景、詠物、抒情都很適合，因此寫作的人想要達到激昂或消沉，沉重或輕快，柔美或雄壯的效果，都可以透過排比修辭呈現。

（七）層遞：三或三件以上按比例遞進

凡要說的有三件或三件以上的事物，這些事物又有大小輕重等比例，於是說話行文時，依序層層遞進，叫做「層遞」。

修辭學有許多整齊的辭格，因為上下句的詞句或意義規律，容易理解與記憶，對偶、排比、層遞都是。層遞是自然界常有的現象，貝殼的渦線、雛菊的花心、蜘蛛結網由中心到四周等這些按照一定比例漸層露出，呈現一種秩序分明的美感。這個原理拿來運用在修辭上，把要強調的語辭安置在最前或最後，順序陳述，目的是為了牽動讀者視覺聽覺，留下深刻印象。以下舉幾個精采的例子：

少年聽雨歌樓上，紅燭昏羅帳。壯年聽雨客舟中，江闊雲低斷雁叫西風。而今聽雨僧廬下，鬢已星星也。悲歡離合總無情，一任階前點滴到天明。（蔣捷《虞美人・聽雨》）

不成風景不入山／入山成風景／握住一山性向奔瀉如瀑布／是風景／我以漲潮繫住秋月／我不風景誰風景／昨日黃昏謁風景／今日黃昏謁風景／發現自己更風景／立也風景臥也風景／現在我正淋著黃梅雨／而明日入山的那位／跛腳僧／是我唯一的遊客 （梅新《風景》）

雲的一生等於人的一生。春雲是雲的少年，所以輕輕；夏雲是雲的壯年，所以奇奇；秋雲是雲的老年，所以淡淡；冬雲是雲的暮年，所以冷冷。（黃永武《生活美學‧賞雲》）

當我遇到那些已經解決的難題，就把它交付給課堂；當我遇到那些可以解決的難題，就把它交付給學術；當我遇到那些無法解決的難題，也不再避開，因為有一個稱之為散文的籮筐等著它。（余秋雨《寫作感受》）

這幾個例子，蔣捷的詞巧妙地以「聽雨」為線索，貫串了作者少年、壯年和老年三個不同時期的環境、生活和心情，人的生理階段循序漸進，心情隨著層層遞進轉變，讀來餘味無窮。梅新的詩和余秋雨的〈寫作感受〉都是前進堆垛的層遞方式，透過一層一層的敘述，情感或理意也一層一層加深、加強。

（八）雙關：一語同時關顧二事物

一語同時關顧到兩種事物的修辭方式，包括字義的兼指，字音的諧聲，語意的暗示，都叫做「雙關」。

我們說話常常一句話包含兩個以上的意思，只是有時我們自己不知道，有時我們雖是有意為之，但對方卻沒有領會到，因此當言語文辭有雙重意涵時，運用「雙關」便能更巧妙。

分梨和「分離」，琴絲和「情思」，一生「有杏」意味「有幸」，這些都是經常會遇到的雙關用法，「高節人相重，虛心世所知」以竹節來類比人的虛心，表達雙關意涵；「蠟燭有心還惜別，替人垂淚到天明」，則以「燭心」雙關「人心」。

「我在臺大醫院住了五個月。他們又給我開刀，又給我電療，東搞西搞，愈搞愈糟，索性癱掉了。我太太也不顧我反對，不知哪裡弄了一個打針灸的郎中來，戳了幾下，居然能下地走動了！」余教授說著，很無可奈何的攤開手笑了起來，「我看我們中國人的毛病，也特別古怪些，有時候，洋法子未必奏效，還得弄帖土藥祕方來治一治，像打金針，亂戳一下，作興還戳中了機關——」說著，吳柱國也跟著搖搖頭，很無奈的笑了起來。（白先勇〈冬夜〉）

這段故事中，余教授把自身的疾病以及在醫院治療的經驗和國家的處境聯結，「毛病」指的是人體上的疾病，以及國家社會的問題，這是一語雙關。

以上介紹的辭格，固然是修辭學中的專有名詞，但是以寫作方法來對照，其實道理是相通的。譬如前面並沒有介紹的辭格「示現」，修辭學者給的定義是：「利用想像力，將過去、未來、或無法親眼目睹的事物，憑藉文字的描述，呈現在讀者的面前，就稱為示現修辭法。」但我們在寫作時，讓想像馳騁時空、出入古今，本來就是一種很自然的寫法，大部分寫作者不會意識到自己是使用了示現辭格。修辭學上用來作為「示現」的範本，常舉的例子是鄭愁予的〈賦別〉：「這次我離開你，是風，是雨，是夜晚／念此際你已回到濱河的家居／想你在梳理長髮或是整理溼了的外衣／而我風雨的歸程還正長」。「想你在梳理長髮或是整理溼了的外衣」就是指主角在旅途中，想像女子在另一處的生活情形，這便是所謂「將無法親眼目睹的事物憑藉文字的描述呈現在讀者面前」的示現辭格，但詩人寫此詩句自有其用意，並不是想到要在此處使用「示現」修辭法。

又如「譬喻」是「運用舊經驗引起新經驗」，「摹況」是「將感受到的境況真實描述」，我們經常會用的辭彙「描寫」，基本上就是綜合了這兩種修辭法，意義相近而說法不同罷了。修辭的方法讓我們多知道一些形容或描寫的方法，如此我們在寫作時，也就能更得心應手而無往不利。

九、作品的最後一道工——修改與補強

一篇文章的完成是否成功，取決的因素很多，立意是否明確、取材是否適當且剪裁合宜、構思是否靈巧而有創見，以及文詞是否美妙精準等等，都是考量的標準。

文章在寫作的過程中要注意修辭，前一節已經強調過，而對於初習寫作的人來說，比起豪華修辭，更重要的是選擇合宜的語詞，以及細心訂正訛字，先做好文句正確與流暢，再進一步要求修辭的技巧。因此寫好作品後，修改與補強的工作也是很重要的，下面列舉一些在修改與補強時要留意的原則：

（一）運用明白曉暢的常用詞

前輩作家林語堂說：「用家常文體的作家，是以真誠的態度說話」；王鼎鈞也有同樣的說法：「散文是說話的延長」。白話文運動的精神就是「我手寫我口」，所以能用簡單明白的文句表達，就不要特意尋找冷僻的字詞。

（二）避免指涉不明的歧義詞

中文字詞常有一詞多義的現象，解釋不夠就會引起誤會，也不能正確傳達作者的意思，譬如說：「我現在要去上課了」，到底是老師去授課，或是學生去聽課？又如，「咖啡店要關門了」，是要打烊還是歇業？遇到這種情況，就要在前後文多交代幾句話，讓讀者可以有足夠線索理解文意。

（三）小心錯用詞語

語言文字在漫長傳播過程，難免隨著時代變化而在意義上有所不同，譬如「風流」一詞在古代是指高人雅士，但對現代人來說，卻有玩世不恭的負面意涵，使用時要注意到這一點。又如某一句歌詞，「當你看遍這世界的每片滄海桑田」，滄海桑田是比喻世事變化巨大，不是具體的農田，不能用「每片」來修飾，但在詩歌中常有這種語詞的悖論，那是為了達到特殊目的，日常文章若要使用時，應考慮讀者能否領會。又如，你說某人的豐功偉蹟真是罄竹難書，那麼聽到這句形容的人一定認為你說的是反諷語，因這句成語是形容罪行多，用盡竹簡也難寫完，雖然是表示眾多之意，但指涉的卻是不好的事情，可不要讓應該被你讚揚的人反而覺得是被羞辱了。

（四）注意論述邏輯

所謂邏輯，即是推理分析的方法，文句注意論述邏輯，才能讓讀者從你的前句推想到後句，因此語言表述要合乎邏輯。中文檢定常考論述邏輯，例如以下這樣的題型：

下述符合語言表述邏輯的選項是：

(1)他演講技術高超，可以指鹿為馬，因而聞名國際。

(2)王家因去年風災全毀，自此之後，王小明生活貧困，幾乎到了饔飧不繼的地步。

(3)爺爺總是捨不得丟棄過期食品，此種故步自封的想法，令我相當擔心。
(4)時光荏苒，歲月如梭，終於吃完飯了。

選項(1)，指鹿為馬是指把錯的事當成是對的，這種做法和演講技術是否高超沒有關係；選項(3)，故步自封是指守著老套不求進步，和捨不得丟棄過期食品的做法在文意上並不對等；選項(4)，吃一餐飯用「時光荏苒，歲月如梭」來形容是太誇張了。正確答案是(2)，這句話從風災全毀因而生活貧困，所以三餐不繼，文字敘述符合邏輯。

寫作既然是為了和讀者溝通，論述不合邏輯，當然達不到溝通效能。

(五) 慎用成語

有一次和文友聊到寫作的話題，其中一個朋友說，文章中使用太多成語是作家的墮落，我乍聽覺得這句話說得太嚴苛了吧，繼而一想，他的意思是，使用成語當然方便，成語的意義經過長年累積更加固著，一般人看到（聽到）成語立即能領會說話或寫作的人要表達的意思，但是如果不用成語，便必須努力解釋、敘述、描繪，才能讓人聽懂讀懂，而這個解釋說明的過程正是考驗著寫作者的表達功力。

況且成語因為意義固定，除非很明顯的反諷或Kuso，大部分的人只接受了那成語浮面的意思，卻限制了我們從這成語繼續思考、挖掘其意涵及故事，難怪對於追求創意，淬鍊極致文字藝術的作家而言，使用成語是墮落的行為。

（六）嘗試反面論述

任何一個語詞、義理都包含著相異的詮釋，譬如我們看到「光明正大」一詞，理解的是心懷坦白、言行正派的意思，但同時我們也立即想到不光明正大，那就是偷雞摸狗、鬼鬼祟祟。記得曾聽過一個朋友的故事，他小時候對搶走他在家中獨寵地位的弟弟抱持敵意，不能真的希望他從世間消失，但總可以用文字表達厭棄，讓自己感覺愉快吧，於是他在每一個造句練習中，總是以弟弟為例，正面表述如懶惰

——我的弟弟很懶惰；就連正面的語詞，他也能反面論述，如聰明——我的弟弟很不聰明。這種思考讓他知道，一體兩面的具體意義，這樣的造句法直到他能意識到這是個幼稚行為才終止。

我們寫作習慣從正面論述，譬如：「健身與強國」，這個題目當然要從國人身體健朗，國家自然富強展開論述；「自信的真諦」，便從愛默生說的自信是成功的第一祕訣開始說明；「持續前進，保持平衡」，那是愛因斯坦說的「人生就像騎腳踏車，為了保持平衡，你必須一直前進」……，這樣從正面回答題旨，幾乎是每個人的慣性思維，若改由反面論述，騎腳踏車若不保持平衡會如何呢？嘗試反面論述可以開啟我們自己的觀點，而且使我們的文章更周全完整。

（七）減少贅字，戒掉廢話

「我手寫我口」的說法，讓文學寫作從文言文的「之乎者也」進化到白話文學，但是這句話的意思並不是說把每一句話逐字錄下便是一篇文章，所以才要強調文章寫完後，還有修改與補強的功課。由於白話文學推展至今已將近百年，加上網路語言盛行，許多人對於書寫的規範不太講究，以致火星文、無厘頭式的語言，越來越讓人習焉不察，說著不正確的壞語言、寫著不優美不準確的壞文章而不自知。「我現在正做著寫字的動作」，這是「我在寫字」就能傳達的文字；又如「現在我們來了解一下菜價的部分」，直接說出「我們來了解菜價」就簡潔明瞭。

能流利運用字句和寫一篇優美文章是息息相關，說話時盡量戒掉廢話，如「說實在的、然後、結果、嗯嗯啊啊」等等，寫作時「的」、「了」、「啦」等虛詞也可以精簡，話語流利，文章自然流暢。

此外錯字的訂正、標點符號準確恰當使用，都是作品完成後要注意修改及補強的工作。然後，就像你穿戴整齊最後拍拍衣服上的灰塵、線頭，光鮮亮麗的你就可以出門了。

Part 3

散文類型與範文

了解寫好文章的關鍵之後，那些如何審題、立意、蒐集寫作材料、如何排列組合文章，以及如何說故事、怎樣描述心情、如何把道理說清楚的原則，大致有了初步認識，接下來就要把這些創作的精神與構思原理，實際應用在寫作文章。

把寫作和考試聯結，在臺灣（或者可擴大到華人世界）已經行之有年，寫作的內容不一定是文學，寫作的人也並非人人想寫文學作品，但每一個寫作的人，都是藉著寫作文章來和自己的人生經驗結合。寫作有些是實用目的，如寫作業、寫部落格、寫求職履歷，或是仍然為了考試而寫作。如果能把這些實用的寫作，提升到文學藝術的層次，那麼既滿足了實用的需求，又多了豐富的精神層面，用現在流行的說法，這是雙贏，也是加法（不是數學的加法，而是人生的加法）。

現代文學的四大體裁，詩、散文、小說、戲劇，其中散文被稱為文學之母，也是一切寫作的基礎，從日常的日記、札記、書信、公文、合約、便條到臉書貼文、讀書報告、活動企畫書等，以及散文家的專業寫作，小說、劇本等，都是以散文的語言寫作。

鄭明娳在《現代散文類型論》一書中開宗明義就說散文是文類之母，「在文學的發展史上，散文是一種極為特殊的文類，居於『文類之母』的地位，原始的詩歌、戲劇、小說，無不是以散行文字敘寫下來的。」

鄭明娳也進一步說明散文家要有三項自覺要求：內容方面，必須環繞作家的生命歷程及生活體驗；風格方面，必須包含作家的人格個性與情緒感懷；主題方面，應當訴諸作家的觀照思索與學識智慧。這些意見也普遍為現代文學作者和評論者採用，認為散文是一種強調真實的文類。詩人瘂弦編選聯副名家散文選時，以《散文的創造》為書名，卻以〈散文，人格的直接呈現〉作為序文，標舉出散文是作者真實性情的流露，「詩、小說、戲劇、往往是作者人格的轉化，只有散文才是作者人格的直接呈現。中間沒有緩衝，也無從隱藏，它是『暴露性』最大的文體，散文是作者直接對讀者說話，不是藉文中的人物替作者講話。散文貴在『誠』字，寫散文，首先不可失信於自己，如果心口不一，那就是妄語，是散文的大忌。」

散文大家王鼎鈞把散文解釋成說話的延長，「如果文學作品是說話，是說話的延長，散文就是談天，是談天的延長。散文的特色在一個散字，散的意思是：拘束少，刻意加工的成分少，沒有非達到不可的目的。」因為散文猶如散步，不必規定每天要走多少路，也不必沿著一定路線；也因為猶如談天，想聊就聊，不必設計話題，也不必安排結論。當然，王鼎鈞對於「散」的定義，並非完全鬆散不講究，也有結構考究的散文，只是散文的特權在於「不必」，如行雲流水，如無心插柳柳成蔭。

正因散文書寫在生活中無處不在、用途寬廣，看似簡單，卻也易寫難工，所以當我們掌握了寫作的基本技巧之後，就可以開始走向散文的天地。

雖然散文涉及範圍廣泛，為了溝通方便，也得在這繁雜的內容中分門別類，有的學者把散文分成小品、記述、寓言、抒情、議論、說理、雜文；也有分成抒情、說理、表意、敘事、寫景、狀物等六類；或者依題材分成三大類，即情趣小品、哲理小品、雜文等三類。我認為敘事、說理、抒情、詠物是散文基本的類別，但在時代前進、社會變遷的過程中，散文這個表現作家真實生活的文類，也是與時俱進，因而類似旅行文學、飲食文學、自然文學、運動文學等等主題散文，多元而充實，也讓現在的散文園地如繁華盛景、花團錦簇。

以下將在散文的眾多類型中，揀擇出親情散文、旅行文學、飲食書寫、讀書心得與評論這幾個面向，一方面將寫作構思與原理做個總整理，另一方面也透過範文的閱讀與評析，學習將原理確實應用出來。

一、親情散文

散文雖說有抒情、敘事、議論等類型，但在現代文學發展近百年來，眾多作者努力書寫的成果中，卻以抒情散文成績最為突出，蕭蕭評析抒情散文委婉獻呈情意，可以分為四類：親情之作、友情之作、戀情之作，以及鄉情之作。其中親情之作，「多從懷念著墨，回憶自己所從出的父母、祖父母，描述自己所出的稚子天性、育子艱辛與歡欣，顯示社會與家庭結構、倫理與親情多有變革」，蕭蕭此言，正點出親情散文的特色，親情是人類與生俱來的感情，而且是恆久不變的。然而，親人由於長久相處，容易發生磨擦，或因誤解而產生裂痕。這種天生而恆久的感情，和親人間的磨擦與裂痕，造成巨大的張力，讓寫作者有著力的空間。

傳統的親情散文，多敘寫父親母親、祖父母的生命風華，甚而發展為家族書寫，追索生活瑣事即景，既銘現個人生命記憶，也觀照大時代的小歷史，有無盡的懷思，也有歷史的感喟。一些耳熟能詳的經典篇章，如胡適的〈我的母親〉、朱自清的〈背影〉，都是學院殿堂必授的範本。

也有書寫兒女的親情之作，如余光中〈我的四個假想敵〉，寫父親面對女兒成長，終將離家另組家庭的淡淡哀愁；張曉風〈我交給你們一個孩子〉則從母親的角度出發，原本竟日在母親庇護下的孩子終將走出母親羽翼，面對社會的諸多風雨，我交給你們一個孩子，而世界將還給我一個什麼樣的孩子？這是一個慈母心的叩問。

雖然親情恆久不變，而社會與家庭結構、倫理與親情卻隨著時空轉換多有變革，彰顯其中的變與不變，正是親情散文的價值所在。

黃信恩寫阿嬤，從食物的記憶開始，阿嬤的料理滋味貧乏、色澤黯舊，藉著這本虛擬的飽食簿，「阿嬤心中一直有一本飽食簿，那是她的食譜，色度總是灰淡，氣味總是平實，但每道菜都有個烹煮核心——呷飽，一種低調而不聲張的豐足」，祖孫親情就在「煮什呷什」、「呷飽未」、「歐一細」等看似尋常的口語對話中深情呈現。

另有一篇〈美食地圖〉，表面的主題是作者和父親在家鄉大街小巷覓食的過程，卻寫出許多新的社會議題，如失智症、城鄉差距、社會變遷等，美食地圖最後一站——便利商店，雖然是因應失智的父親隨時可能要回家的動作而不得不的選擇，卻也點出現代人的生活變化，外食與超商，終究改變了現代人的親情狀態。

〈飽食簿〉 文／黃信恩

我極度偏食，凡苦瓜、茄子、臟腑、海鮮食材幾乎不碰；色黯、質地堅硬、冰存過久、反覆烹煮回鍋之食也不嚐。以前阿嬤住我家時，見我在餐桌上挑揀肉菜，或偏執於特定菜色，總會唸我幾句：「揀食，壞嘴道。」然後，卻在飯後問我：「你有呷飽未？」、「肚子會餓嗎？我衣櫥內有餅、擱一些肉脯。」

我不清楚這些食物的來源，只知那時，阿嬤的櫥櫃裡總能搜出一些零食、糖果、蘇打餅、或夾心酥之類的。

阿嬤是廚房的第二個主人，她常會問媽：「今晚欲呷什？」，對於「食肆」這檔事，似乎投入高度關切——拔蕃薯葉、煎虱目魚、清蒸螃蟹、燉豚骨湯、切瓜果……，醬醋油鹽間，掌管了家人某部分的口腹。

一碗粥、一碟空心菜、幾片酸黃瓜，然後灑上肉鬆和小魚乾，如果阿嬤一人主廚，菜色常是如此。但我其實沒有很喜歡阿嬤的烹調，總覺得那些料理滋味貧乏、色澤黯舊，肉菜之間，似能嗅見抗戰或日據的時光——一個屬乎阿嬤飲食年代的味覺封存。

「揀食，壞嘴道。」於是，阿嬤又唸我。

「呷這麼少，你有呷飽未？」然後她又說。

那是很久以前的事了，當她仍善於行走、嫻熟於瓦斯與鍋器的使用時。〇五年仲夏阿嬤跌倒後，就與廚房疏遠了。雖然如此，她仍常在床邊問我：「這頓媽媽煮什？」、「你有呷飽未？」、「肚子會餓嗎？」

那一陣子，阿嬤因為行動不便，媽總是準備好餐食，端往她的房間。我注意過那些碗盤，無論菜色如何，常是滿著去空著回來，未留剩菜。當我問阿嬤：「有好呷無？」她回答：「歐一細。」

媽常和我說：「阿嬤喔，比你好嘴道，煮什吃什，毋揀食。」

但有時我在想，阿嬤真的照單全收嗎？她沒有特定喜好的滋味嗎？或是極私人的、對美食的挑剔與執著嗎？

我記得，每次回老家，長輩會帶她去城裡一間日本料理店。他們說，這店裡有生魚片、蝦手捲、紫菜沙拉，那是阿嬤眷戀的滋味。我們總是圍一桌，拉拉雜雜點了許多小菜，阿嬤食量不大，餐桌上如有天婦羅、茶碗蒸、炸豬排之類的，她會夾給我，並反覆叮嚀要吃完。

「你有呷飽未？」阿嬤一貫地在食宴尾聲時問我。

後來，有好幾次爸媽外出，阿嬤的三餐瑣事輪我照料。媽開出一些菜單：土魠魚羹（小的）、味噌湯、什錦海產粥、燙地瓜葉、魚湯、廣東粥（丹丹漢堡賣的那種）等，並囑咐我，要等食物溫了不燙了，才可給阿嬤吃。

有次我買了土魠魚羹麵。「有好呷無？」我問。

「歐一細」她說。意料中的答覆。

印象中，這世界的食物對她而言，滋味是一致的，就像這一概的「歐一細」，即使，這些膳食毫無燜煲焗燴，僅僅只是一碗清淡的粥、簡單的蛋花湯。

想來阿嬤唯一一次對味覺有意見，是在〇七年住院時。因為中風，吞嚥有些困難，護士於是將藥丸磨粉，溶於開水讓她喝下。那一刻，阿嬤的臉神有些詫異，我知道那藥丸會苦，但她只是說：「這水怎麼味怪怪的？」而沒有說難喝。

自從阿嬤臥床以後，她的時態感慢慢變淡了。時序倒置，曆法錯亂，甚至連「人稱」也混淆了。她常常在睡夢中醒來，矇矓地問：「幾點？我還沒呷飯。你呷飽未？」或是喊幾聲家人的名字，然後又沉沉睡去。

一段時間過後，我們端去的碗盤不再是空的回來，而且越剩越多。阿嬤食欲變差了。我們開始餵她碗粿，切割數小塊，一口捱著一口餵。阿嬤費了很多時間才吃完。

不久，阿嬤連碗粿也吃不下了。我們試了一些食物，發現她還會吃香蕉、養樂多、小蛋糕、罐裝營養食糜。於是，那陣子買了很多小蛋糕，還有一排像年糕的麵食。

「阿嬤，你有呷飽未？」我問。

「飽了，歐一細。」那時，一個小蛋糕、一杯簡易榨打的果汁，她就飽了。然後，她一定會問我：「你有呷飽未？這擱剩一塊雞蛋糕，乎你呷，要呷乎飽。」接著，就說她累了。睡去。

我看著桌上靜置、未食完的小蛋糕，幾隻果蠅低飛覬覦，眼眶突然有些潮溼。

過不久，阿嬤什麼東西都吃不下了，她把所有餵食進去的，全都吐了出來。

「你有呷飽未？」我問。

「不餓，我愛睏。」阿嬤虛弱地回答。

一陣子後，阿嬤插鼻胃管了。我知道，那一刻，她的飲食已是澈底的管灌了，流質食物經鼻直抵胃腔，日子不再區分酸甜苦辣。但每當她在病床上醒來，見了訪客，還是勉強起身微笑問候：「恁呷飽未？」

有天，阿嬤不再問我「呷飽未？」，她靜靜闔上嘴，永遠停止進食了。

一段時間過後，當我想起這些瑣事，才明白，阿嬤心中一直有一本飽食簿，那是她的食譜，色度總是灰淡，氣味總是平實，但每道菜都有個烹煮核心——呷飽，一種低調而不聲張的豐足。只是我似乎從來沒弄懂過阿嬤喜歡吃什麼、不喜歡吃什麼，以及，阿嬤呷飽未。

——選自2009年第四屆懷恩文學獎優勝作品

〈美食地圖〉 文／林黛嫚

我飲食只求粗飽絕非夸言。童年時母親常年臥病，父親忙著正職兼職以養活一家大小，從我有記憶起，家中主廚便是姊姊們，規矩怎麼建立已不復記憶，總之是女孩小學畢業升上國中的第一年便由她負責烹煮晚餐，我到了國一也擔當了一陣子主廚。

想想從未訓練過又胳臂弱小的青春期女孩，能煮出什麼像樣的食物？第一次要煮大頭菜湯時，我手掌菜刀，對著大頭菜那堅硬的外皮發愣，直到父親接過菜刀，三兩下剝除大頭菜的外衣，露出嫩白的肌理，我才能進行下一道步驟。此後我的食單大約只是燒茄子、菜脯蛋、炒高麗菜、蘿蔔湯等極簡風格。不過我的主廚生涯並未達成時限就由不打算參加高中聯考的四姊又接回，估計是我煮的食物缺少變化又離美味太遠。

這樣的往事著實模糊，父親退休後，姊妹嫁的嫁，還未出嫁的也外出求學、工作，父親一人獨居，自個兒料理吃食。待我們在重要年節回家，廚房已是父親的王國，旁人不得輕易涉入。我們也樂得當個受寵愛嬌的女兒，在客廳看電視，等著父親喊一聲：「吃飯了。」

時光飛逝，終於每個人的人生又邁入新階段，當父親送洗被單卻大半年不記得取回，甚至站在街頭茫然四顧，完全不知道哪裡是回家的方向時，我們開始帶父親求醫。父親退休生涯中「呷飯皇帝大」這件大事也產生變化，平日由住在老家附近的四姊送餐，姊妹們回家，則是帶著父親吃餐廳。我們離家日久，父親的臺式料理已被古今中外美食調味過，加上除了用餐，更重要的是聚會和打發時間的功能，為此我們多半選擇可以久坐的複合式餐廳。

「小叮噹音樂餐坊」算是離家最近，因為店名具有童趣以及有個小型遊戲空間，孩子還小返鄉時便常在這兒用餐。童年記憶中父親工作的辦公廳就在署立醫院旁，他的老同事們雖也退休但生活範圍都在附近，有時我們訂好位通知父親的老朋友，他們會在午飯過後來和父親聊天。有人陪伴父親，我們姊妹也能聊聊不需顧忌父親的話題。

地方法院後面有間咖啡館「卡塞雷斯」，據說老闆是室內設計師，靜謐巷弄內一棟白色的房子矗立得十分醒目，巷道裡路樹圍繞，室內也處處是大型盆栽，彷彿和室外的綠意呼應，舒適的長條沙發座椅，座位間以紗簾區隔，總讓我想起城市裡的鋼琴酒吧。主食以義大利麵及焗烤海鮮為主，附餐咖啡是單品調煮，完全物超所值，服務也十分到位，記得餐廳大門握把略嫌厚重，但是店員總會在你猶豫前為你打開大門。在這店存在的幾年內總是我們聚餐的第一選擇，可惜以這樣裝潢、供餐及服務品質，大約很難創造利潤吧。「卡塞雷斯」結束營業，之後老闆在街上開了一家「豆子茶舍」，仍然是白色房子，多了粉紅色調點綴，供應簡單的中式茶食，父親很喜歡這裡的豆乾和豆腐，他總是不發一言，安靜咀嚼。

某次坐四姊的機車經過中山公園後門要到朝市買水果，發現公園內「香榭餐廳」的招牌，這家開在南投歷史建物「聚芳館」內的餐廳就成了新選擇。這棟日治時期的建築在九二一地震受損修復後，委外經營藝文咖啡簡餐，圓形拱柱四周採光的建築物矗立在綠蔭扶疏的公園內，顯得瑰麗典雅。父親工作的衛生院曾短暫在這兒辦公，第一次帶父親來這兒用餐，父親還指著現在是洗手間的位置，說當年他夜晚值班就睡在這兒，而我童年時啟蒙的縣立圖書館也是這兒，聚芳館和香榭牽繫著兩代記憶。

「新雜誌咖啡館」匯集了我們考慮餐廳的許多特點，停車方便、餐食尚可，有附餐咖啡以及用餐環境舒適。戶外有個庭園式露臺，一開始父親餐後會走到這個小庭院抽菸，不過他很快就忘了自己是抽了大半輩子一天兩包菸的大菸槍，有一次，跟父親是菸友的姊夫帶著父親走到露臺，遞過一根菸，父親竟一臉嚴肅地說：「我不抽菸。」

市區的餐廳吃膩了，覓食範圍自然要鋪展，「心靈角落庭園咖啡」在南崗工業區附近，是一棟透明的玻璃屋建築，據說這個玻璃屋夜間點燈後像個「會發光的玻璃盒子」，不過我們只在白天造訪；有時也走遠，驅車往中興新村方向，梅園餡餅粥、老夫子牛肉麵或無骨鵝肉固然好吃，但是餐後還得找個喝茶喝咖啡的休憩點，若是大熱天未免勞頓。往來南投中興路上，有間稻田中的咖啡館，記得我們第一次去時還是白色四度C，再發現時卻成了鵝黃色米克斯，明豔醒目地矗立在一片綠意盎然中。雖然餐食只有牛排選擇太少，不過某次我點了比利時咖啡，父親瞪著那上下流動的褐色液體彷彿看著美麗的風景畫，為了那幾十分鐘的專注神情，走遠些又何妨？

飲食習慣的改變往往並不由人，父親清粥醬菜的日式早餐維持了幾十年，終也被麵包牛奶西化，而我的美食地圖悄悄移轉也不在預期中。

最後一次在香榭餐廳用餐，陣容出奇龐大，女兒和半子都盡可能出席，飯後二姊牽著父親去散步，公園的黑板樹、水池和拱橋都有父親早年流連的足跡。而我們正召開家族會議，算是正式把父親的狀況及未來如何安排等事搬上檯面討論。成年離家後忙於事業的大妹先是愣愣聽著大夥緩和地交鋒，偶爾冒出情緒無法抑遏的高亢言詞，當有人提出是不是找個安養院入住時，大妹來不及遮掩突然哭泣起來，淚水從指縫間滑落，坐在大妹身旁的大姊摟著她肩頭安慰：「又沒人說妳什麼，別哭。」我知道大妹的淚水緣由，她離家求學、成家、立業，這些年過去，不知不覺中老家竟已崩壞至此，那從小像座大山的父親也已傾頹，再也無法挺立。

真的，父親若還是座大山，又如何能任我們驅使？幾乎看遍縣境內的養護設施，歷經申請外勞，帶著外勞轉換過幾處住所，父親終於在竹山的護理之家落腳，而我們的美食地圖也隨著遷徙。

我們常去的餐廳是「桃源坊」，位於欣榮圖書館一樓，人少時我們習慣坐門口四人座，出去逛逛方便；人多時就坐落地窗邊的長桌，可以看到屋外庭園以及在遊樂區玩耍的孩童。父親已在護理之家用過正餐，我們為他點了薯餅和雞塊，配他一貫加三份糖的冰咖啡。這個階段的父親十分沒有安全感，面前兩個人，少了一人，他便不斷追問：「去哪兒了？」我說：「去洗手間，很快就回來。」才過五分鐘，同樣的問話再來一次。等到妹妹去圖書館閒晃一圈回來時，我不禁抱怨，「妳都去十次洗手間了，不嫌頻繁嗎？」這樣的對話，百味雜陳，只有我們能解。

即使我們願意接受父親那逐漸空洞的腦細胞，但他行為的變化仍然超出我們的準備。某一次在新開的「東方食府」餐廳，一、二樓挑高設計，白色為主的餐桌讓用餐空間顯得明亮，一走進來就覺得爽眼。我們點了兩份正餐，父親的點心及咖啡先送上，他五分鐘內掃光所有食物，然後說：「走了。」我們努力安撫，好不容易待餐食送上，簡單草草用罷，匆匆離去。於是我們知道，吃餐廳這件事，對父親來說，也將成為歷史。

小鎮的便利商店，有明亮寬闊的空間，咖啡、布丁、香蕉，想吃什麼隨時可買，偶爾拿出我們從臺北帶來的餅乾或巧克力，店員也完全不會有意見。父親心情好，便多坐一會兒，當他說出：「回家吧。」我們也可立即收拾好離開。

這張美食地圖最後一站，小7或全家。

二、旅行文學

旅行，是人類自古即已進行的活動，原始人為生存而遷徙，自此地到彼地，這就是旅行。所以早在古代女媧、共工時期，旅遊活動就已經開始了，據東漢人應劭所著《風俗通義》載：「共工之子曰修，好遠遊，舟車所至，足跡所達，靡不窮覽，故祀以為祖神。」所謂「祖神」，用今天的話說就是「旅行的祖師爺」，可見旅行這件事歷史悠久。

一般人對旅行的認知就是「出去玩」，因此旅行、旅遊、觀光這幾個辭彙也常常混淆。在孟樊主編的《旅行文學讀本》提到，「旅行」和「旅遊」的詞義涵蓋範圍有廣狹之分，前者具有實用、功用價值，後者具有遊賞、嬉玩的內涵，可說是人們處於習以為常的生活中，企圖脫離日常生活軌道而產生的行為。觀光則被定義為一種脫離日常生活常軌的活動，是以休閒娛樂為目的。旅行、旅遊與觀光，這三個詞彙人們會混淆使用，原因在於三者的前提都是空間移動，是由一個地點往另一個地點移動或暫時居住。「旅行」、「旅遊」、「觀光」或許都有「遊」的成分，但除了「脫離日常生活的軌道」之外，旅行更強調「他者」與自我「界線的撤除」，尤其是在「嬉遊」中的反省。

有人說，世界是一本大書，不去旅行的人只讀了其中的一頁。對現代人來說，旅行已經成為日常，每個人都經常旅行，基本的旅行就像移動，從住家走出去，走過公園、商店、建築大樓，到另一地方工作或讀書；或者收拾行李箱，搭乘車、船、飛機等交通工具，展開新奇、新穎、新鮮的旅遊。

雖然旅行和書寫並不必然會有關係，記錄旅行過程的形式也隨著科技發達越來越多樣呈現，但將旅行的經歷與所思所感書寫下來，而形成遊記這個創作形式，一直也是許多寫作者經常書寫的文類。從隨手寫下的雜記或散文，甚至是一篇和旅行相關的流水帳式的日記，進而讓書寫的內容達到文學藝術的層級，卻可以使旅行的意義與價值更加豐富。

「旅行文學」，簡單的說就是「旅行」加上「文學」，也就是「具有文學價值的旅行書寫」。我們先看看現代文學家們對旅行的界說。

散文大家余光中說：「風景可以是一面鏡子，淺者見淺，深者見深，境由心造，未始照不出一點哲學來。」

席慕蓉對「旅行」的界定是：「旅行的意義在脫離日常生活的軌道、在撤除界線、在放鬆自我、在溶入他鄉、在嬉遊中的觀察與反省。而且沒有包袱的輕鬆態度下，反倒能在旅途中摘取到非常鮮明純粹的印象。」

羅智成則在〈好的旅行，以及好的文學〉說：「旅行文學的內容應該是來自創作者個人旅行的體驗。藉由行動與觀察，我們和某個時空互動，並產生知性或感性的激盪——所以，旅行文學的作品讓讀者也經歷到一段有意義的旅行。」

鍾文音並不認同別人稱呼她旅行作家，她認為自己只是一個時空遊蕩者，對異旅人事物有所執愛的遊蕩者。「旅行寫作不是我的專業，我的旅行只是寫作過程的某種養分，人生移動的某個出口，我的旅行其實有所本的，有所追尋的。」

王盛弘說：「我在國外，很少想家，大約在臺北也是一個人過慣了日子，久而久之，就像於倫敦雀兒喜藥草園發現的一簇西班牙鳳梨，掛在枯樹上，吸收空中水氣即可存活，沒有根，已經不需要根，在這裡在那裡，在此方在彼方，無處不能生長。」

蔣勳不大講旅行或旅遊，他用的名詞是「出走」，「我常常用的一個字是『出走』。人在一個環境太久了、太熟悉了，就失去他的敏銳度，也失去了創作力的激發，所以需要出走。」

不管是旅行或出走，過程固然重要，回來以後的書寫也很重要，如同郝譽翔

《回來以後》序文所說：「所以果真回來了嗎？還是旅行得越多，便幻化出越來越多的我？她們有著和我相同的身材、容貌，但卻一直生活在他方，朝我遙遙地呼喚、招手。而我喜歡旅行中的她們，遠勝過此刻坐在桌前的我。」

書寫者眾，每位旅行者，每個書寫篇章，都有自己的詮釋，那麼，旅行文學的書寫特色是什麼呢？我以為有如下四點：

（一）旅行出走的行動性

不管是遊記或是旅行文學，最重要的是一定要有實際的旅行經驗，創作者不管是出於自願或被動的旅行行為，走出去是必然的存在條件，親情或戀情散文或許可以在書房憑想像力完成，但旅行文學卻必須有行動性。旅行者加上書寫者這兩個因素，是旅行文學的核心概念，結合起來才能構成旅行文學。

（二）旅行地點與經驗的特殊性

只要走出去就可以旅行，就可以發展旅行文學，但起點到終點要具備特殊性才能讓讀者有更多收穫，三毛的遊記能風靡暢銷，撒哈拉沙漠的稀罕扮演了重要角色。而旅人在旅行途中看到什麼、發生什麼，本就是旅行文學的主體，這些經驗的特殊性固然能引起讀者閱讀的興味，即使只是單純的個人見聞描寫，對那些無法親歷其境的讀者，也是一種滿足。譬如很多遊客在南法旅行常遇到吉卜賽小孩扒手，我在法國南部城市尼斯也遇過一次，出發前看過許多旅遊資訊，都告訴旅人要對吉卜賽人多加提防，但是當時我一個大腹便便的孕婦被吉卜賽小孩包圍時，一點防範能力都沒有，眼睜睜看著錢包被掏出扒走，這種特殊的經驗寫出來，當然能引起讀者共鳴。

（三）旅行文學也允許想像

前面強調過旅行文學絕對不是流水帳式的紀實報導，但也不能像純文學一樣以虛構、聯想為主，旅行文學固然容許想像，但這裡的想像都是從行動中發展出來的，這和文學的真實性不相衝突，所謂邊走邊看邊想就是這個道理。筆者曾在北疆和一位男性回族朋友聊天，聊人生、聊未來，聊著聊著我想到了他的妻子因為女性身分受到許多限制，而不能如他丈夫般能自由去開展自己的人生，於是對於世界上這樣處境相同的女性，有了許多想像空間。類似這種經驗，便是在旅途中從想像去發展旅行文學的契機。

（四）旅行文學的讀者意義

文學固然不能討好讀者，旅行文學也不像旅遊指南一樣為旅行者服務，但是旅行文學卻是必須考慮讀者的一種創作類型，所謂讀者意義，是指文章見解是否具有獨特性、對旅行的事物是否有新的認識、是否能彰顯當地地方特色、旅人是否在文章中表達足夠的參與度……，透過這些讓讀者參與領略旅行地點與特殊經驗的因素，讀者才能從這樣的作品中獲得旅遊指南訊息之外的內容。

以上這四點旅行文學的書寫特色，讓我們對於旅遊書寫這一議題逐漸具體化，接下來從〈生活的依賴〉及〈阿嬤迷路〉兩篇文章，來看看旅行文學的書寫特色如何落實。

黃雅歆的《東京暫停》一書是她到日本短期研究的生活見聞，和林文月的經典名作《京都一年》似乎有可以對照的內容，但更特別的是，作者在旅日期間遇上三一一大地震，讓這段經歷增添了「東京暫停，從此不再是旅行的地方」如此結論。以前述旅行文學的書寫特色分析，《東京暫停》是為了講學而出走，東京雖不是特別的旅遊點，但大地震期間的東京生活便充滿特殊經驗，因而對旅行的事物、新的生活產生了新的認識。這篇〈生活的依賴〉雖然寫的是地震前的事，卻有許多對異鄉生活的想像，和旅人心境的描繪。關於《東京暫停》，我寫了一篇書評（或書介），附於後一節，從書評對照原作，又是另一種閱讀樂趣。

〈阿嬤迷路〉一文，關於旅行的部分寫得不多，但在香港購物而迷路，差點誤了返臺班機，正要放棄時卻又離奇地把阿嬤尋回，這段迷路事件對當事人造成的影響，突顯了旅行的意義，如同余光中所言「淺者見淺，深者見深」，對照出一點哲學來了。

〈生活的依賴〉 文／黃雅歆

在東京的「中國超級市場」裡，有來自臺灣的黑松沙士、永和豆漿，一瓶都是一百八十九日幣，花生仁湯兩百一十日幣，這是鄉愁的價格。但我對食物沒有依戀，我的鄉愁沒有價格。

沒有價格的東西最麻煩。

不知不覺，東京成為臺北之外我最熟悉的城市了。對於空間的距離，竟然有種東京和臺北是同在某條電車線上的錯覺，從臺北到東京，彷彿只是從JR中央線西區遷移到中央線東區而已。兩個城市只要不往來，不管是需要搭車搭船搭飛機，其實人都很無感，距離感也很模糊。譬如在臺灣高鐵上的城市，我去了一次恐怕在經年累月之後也難得再去的不在少數，想來比東京「遠」；又如許多東京人活動的範圍只在住家與公司附近的幾個站間而已，觀光客必訪的六本木「東京中城」或「表參道」，未必是在地人的生活圈，而且恐怕多數的東京人是生活在市內某個角落，終其一生沒時間也沒機會去。

這樣說來，把臺北和東京像這樣擺在同一條電車線上也沒什麼不可以。當然這也是因為臺北和東京在某些都市表象上的相似度很高，但另一方面，這會不會是代表自己在原有生活中所建立的依賴感很低呢？

以「感受層次最低也最直接」的食欲來說，之前經常聽旅外歸來的人們說著如何如何嘴饞什麼食物，想念到受不了，成為強大的鄉愁。很少為食物「拚命」的我，原本也想藉出國考驗哪些是我的最愛。但在東京生活，食衣住行上讓我「想念到受不了」的東西幾乎不存在。那些深具臺灣風格的多樣小吃，譬如豆花甜湯冰品、滷味麵線臭豆腐、肉圓蚵仔煎甜不辣，或者蜜餞零食牛肉乾等等，我平日也有常吃（愛吃）的，但出國後才發現，這些就算澈底在生活上消失，好像也無所謂。然後回來了，在路上看見了，又開始吃，也很津津有味。

其他的菜餚湯類，有食材就能自己做，沒什麼困難。平日看電視多半轉電影臺，在東京轉不到就不看，也不會有失落感。說有不同，就是開始學會上網路視頻找臺灣節目，網路泯滅了空間的界線，也泯滅了生活的界線。但一回到臺北，視頻立刻變成冷宮，生活秩序一點也沒有斷層。

那麼，我對原生地方的生活依賴度看來很低，好像回不回到臺北都無所謂。

其實不是的。

臺北之於我，無關食欲物欲，無關意識形態，也無關那些經常令人無言的「建設」。我們對原生城市的依賴與聯繫，未必只建構在食衣住行的層次。我喜歡臺北，因為這裡有我、以及朋友的故事。被生命所建構的地方、擁有人生故事的城市，都是無可取代的迷人。這是和食欲物欲所不同的、生活的依賴，也是心理的依賴。

日本朋友因為讀書就業的關係在海外生活了十年，而當初要離開日本的時候，就跟所有想要藉著離開國界、掙脫束縛、尋求海闊天空的許多人一樣，內藏著對於原生家庭、原生社會的不滿。十年後回到故鄉安居，雖然見面時還是盡情訴說對國家的不滿、社會的意見，每年還是要帶著一家大小到喜歡的外國旅行，並且告訴孩子：要知道你們未來的世界不在日本。但是仍然說：「晃了一大圈回來，便知道只有日本才是最適合日本人居住的地方。」

隨著丈夫外派海外，二十年來住過四個國家的智子，在退休之前回到了日本定居。聽她暢談著海外生活，說著臺灣美國新加坡上海，各地的文化與民族特色都揉雜在她的人生經驗裡，兩個孩子也都在海外出生成長，我笑說她的「黃金歲月」都不在日本，現在回來應該非常陌生。但她說：「一回來就熟悉了。其實日本人在海外生活很『危險』，因為在日本生活太『安心』。」雖然日本治安在世界上相對來說是不錯，但這裡所謂「危險」和「安心」無關治安也不是民族驕傲，而是日本人太具團體遵循性，太習慣於社會秩序，就傻傻以為這是人類社會的理所當然，不會意識到外面世界非全然如此。安心按照「本來就應該這樣」的想法行事，卻遇到突如其來的回應，手足無措之外還經常飽受驚嚇。

「外面世界很豐富精采，回來日本很放鬆安心。」她笑說。

以日本的工作壓力與人際關係的制約來說，很少人（包括本國人）會以放鬆來形容這個社會吧，畢竟需要去海外放鬆的常常是日本人呢。但這裡的放鬆我卻很能理解，就是可以很自然而然的卡進社會的齒輪內部，一起轉動、一起生活，就是一種「在地」的放鬆。

排隊永遠排在「外國人課」的居留者，即使能擁有在地生活，和旅行者的浮面不同，但如果無法構築生（深）根的故事，最終還是「漂浮」在這個社會上的。漂浮著漂浮著，「生命中不可承受之輕」就會出現。

讓自己能「腳踏實地」的社會，很少不是千瘡百孔、雜音叢生的，卻能生出存在感。也許這就是生活的依賴。

——選自《東京暫停》，二魚文化出版

〈阿嬤迷路〉　文／林黛嫚

除了我和外子不以為然之外，所有人都說這天阿嬤會回來，於是對我來說，原本就過得混亂的日夜，這天更是完全失去界線。

所謂阿嬤這天會回來，是指孩子們的阿嬤過世的第七天，臺灣民間習俗中認為頭七當天亡者魂魄會返家，家人應於魂魄回來前，為死者魂魄預備一頓飯，之後便須迴避，最好的方法是睡覺，睡不著便躲入被窩；如果死者魂魄看見家人，會令他記掛，便影響他投胎再世為人。亦有說法認為人死後魂魄在「頭七」前到處飄蕩，到了「頭七」當天的子時回家，家人應於家中燒一個梯子形狀的東西，讓魂魄順著這「天梯」到天上。

我通常是家中最晚熄燈就寢的人，有人叮嚀我開窗不關燈，就為了這個「頭七」的殯葬習俗。我巡視了一下屋內，不關窗開燈，客廳通明讓人很不習慣，於是我還是打了折扣，六個燈泡的大燈只開一半，在自己家中我是不開燈也找得到路的人，我想這樣阿嬤也不會迷路了吧。

有一年我們全家去新加坡玩，旅行社安排遊覽夜間動物園，新加坡常年高溫，遊玩一天下來體力負荷極大，稚齡的少年悠在前往動物園的車上就睡著了，喚醒他下車時他還鬧了頓起床氣，等到坐上遊園車，涼風吹拂，景致宜人，他的精神才恢復。導遊正介紹黃昏過後要休息的麋鹿，少年悠接著導遊的話尾，中氣十足地喊著「麋鹿——麋鹿——」，稚兒的聲音清脆可喜，同團的遊人也都不以為忤，任由他持續「麋鹿——麋鹿」著，聽久了，麋鹿竟成了迷路，彷彿是對迷路者的殷殷叫喚，顯得淒涼起來。那一趟旅遊，我腦海裡始終迴盪著「迷路——迷路——」。

另一個世界和這個世界到底是否近似？沒有人從那兒回來告訴我們答案，我想知道的也只是，一個擅於迷路的人到了那個世界是否也會迷路？說擅於迷路似乎過於誇大，迷路是件不得已的事，沒有人會願意經常發生的，只要是在自己熟悉的地方，再怎麼迷糊、再怎麼迷路，也很容易解決吧，但是若處在人生地不熟之地呢？有時真是天地不應呢。

少年悠十分害怕迷路，尤其害怕阿嬤迷路，那是那一次經驗使然。

我們在米蘭鞋店門口和阿嬤走失。那是一個超級購物商場，原先大人們是擔心小孩走散，所以我始終緊緊拉著少年們的手。當外子決定給自己買一雙鞋，而阿嬤要找洗手間時，我讓少年們在鞋店門口等，循著指示牌陪阿嬤找洗手間。當標誌顯示下樓梯就是洗手間時，我告訴阿嬤下樓便是，叮嚀她循原路返回，便趕忙又回到鞋店門口，牽住少年們，當阿嬤該回到原處的時間比預計還長時，不安的情緒開始蔓延。

然後外子開始尋找，這場等待十分漫長，他一次一次繞回來，我們兩個臉上都是期待的表情，用眼光互相詢問，我問，找到了沒？他問，回來了沒？看到對方垮下臉來的樣子，不需交談，就知道結果。

外子又轉身繼續上上下下各個樓層找，整座商場已掃過三趟，還是找不到阿嬤。等待總會到了盡頭，不管這盡頭有無結果，當外子拖著疲憊的腳步第五次繞回來，已經到了我們和團隊會合搭機返國的時間，我們必須立即做個抉擇，他決定自己一個人留下來找阿嬤，而我們娘兒仨則照原定計畫回家。這個決定是沉重的，卻也是不得不的選擇。

我們牽著手走出購物商場，在車水馬龍的廣東道上等遊覽車，忽然看見街口那正與一個當地人比手畫腳問路的，不就是我們苦尋兩個鐘頭的人！

這幸運的有個好結果的「阿嬤迷路事件」，卻在少年們心中留下了深刻印象，尋找阿嬤的那兩個鐘頭也一定程度讓少年們有了分離焦慮，之後，只要離家旅遊，少年們總是跟在阿嬤左右，只是，這一次呢？阿嬤去的地方，少年們無法陪伴。

當天色從極黑開始轉灰黑，接著灰色越來越濃、黑色越來越淡，天就快亮了，正在放暑假，少年們不需早起，此時少年悠睡了一覺醒來，下樓來坐在我身邊，揉著惺忪睡眼問：「阿嬤又迷路了嗎？」

〈阿嬤迷路〉映照出的人生風景是「迷路」這個主題，從遊覽夜間動物園稚兒喊著「麋鹿」，聽在成人耳中成「迷路」，點出迷路這個尋常人生經驗；再藉著香港迷路事件，鋪陳因為阿嬤曾經迷路，對少年造成的心理負擔；等到阿嬤過世，華人民間習俗中認為頭七當天亡者魂魄會返家，這天夜裡的安排都是為了讓生者亡者各安其位，然而長成少年的稚兒，記掛的仍是，阿嬤到了另一個世界會不會迷路？稚兒對長者的綣綣不捨的心情令讀者動容。

三、飲食書寫

華人愛吃，中華美食也揚威全球，和法國、日本、義大利、泰國等料理備受世人讚賞。

吃是每天依例要進行的事，當飲食進化到要吃得更好、吃得更愉快時，吃的欲望被滿足，下一個步驟就會很想進一步把吃的內容、吃的過程書寫下來，和旁人分享。

臺灣飲食書寫開始於上世紀五〇年代，許多跟隨國民政府來臺的文人，藉著書寫家鄉飲食，表達自己的懷鄉、懷舊情緒，讓飲食成為一種集體記憶，也開展了飲食書寫的流行。一九八〇、九〇年代，隨著政治解嚴，臺灣社會經濟蓬勃發展，全球化浪潮席捲，國民消費力增加，飲食日趨多元精美，所謂「富過三代才懂吃穿」的俗諺就是說這種情況，也讓飲食書寫開啟新章。一九九〇年代以後到現在，書寫中多了飲食行動或料理的知識，臺灣本土意識的發揚，也促使飲食書寫向全球化及在地化兩端發展。

加上平面媒體的美食報導版面以及電子媒體的料理節目，讓追求食物精緻美味，講究餐飲情調成為全民運動。但是這些媒體報導的美食特寫主要是以「記實」為基礎，平民化為特色，一面描述一面評論，是以食物為主，延伸出和人互動的軟性新聞，這類的報導固然是飲食書寫，但距離文學仍然有些遙遠。

鍾怡雯認為，一篇成功的飲食書寫所應具備的條件，除了平鋪直敘飲食行動或味蕾經驗之外，更重要的是要賦予此行動或經驗一特殊的意義，使其提升至美學的層次，「美食在敘事中應該是一種書寫策略，一種媒介，它驅使舌頭召喚記憶，最終必須超越技術和感官的層面，生產／延伸出更豐富／歧異的意義」。針對美食在飲食書寫的定位，她認為，美食應是一種書寫策略，用以召喚過往感官記憶，並以此來勾引食欲，「以食物為餌來垂釣記憶，而記憶也往往藉由脣舌來到筆下」。

飲食書寫在這樣的發展過程中，也呈現了多元樣貌，有的是細述製作過程，有如親持刀鑊而聽聞鍋盤錚錚響、油濺滋滋聲；有的除了食物，還旁及人事，敘親情、友情、愛情，和人事滄桑變遷；一面感官式地描述食物的色香味，一面說些烹煮的經驗、飲膳間的往事、佳餚所裹藏的生命哲理，內容豐贍文采斐然，當然有別於食譜的單調與蒼白，因而有人說飲食文學，是食譜，是文學，是美學、是史學，也是人生哲學。

飲食文學的書寫特色，便是巧妙地將食物的色香味與文字敘述揉合在一起，讓讀者透過作家的描寫，在腦海中還原食材的樣貌與氣味、料理的製作過程、食肆擺設，以及食物與食客、食客與食客之間的互動等，若將這些素材深刻描摹，將物事與人情細膩結合，甚至通過食物引發許多感動與哲思，就能展現寫作者的功力了。

飲食文學不只是呈現作家的個人飲食經驗，也是作家對整個時代中社會文化的具體觀察，如焦桐的〈擔仔麵〉，從擔仔麵的歷史到作法，發源於臺南的小吃，象徵臺灣人辛勤奮鬥的核心價值，用肉臊作澆頭，雞湯豆芽和韭菜，再擱一尾蝦或半個滷蛋，加上介紹幾家擔仔麵店的特色，讀著讀著，食欲整個被勾引起來，恨不得立即出門吃上幾碗擔仔麵。

〈燦爛食光〉以女兒出嫁前為父親煮了一頓晚餐為主軸，再慢慢衍生出過往父女的共同記憶。隨著女兒出嫁的日子迫近，原本嚴苛的父親在時光滌洗中成了體貼溫柔的父親，透顯出父代母職的蛻變，食物在這個過程中扮演重要角色。

〈擔仔麵〉 文／焦桐

在臺灣，夜市、舊社區、廟口、百貨公司，到處有好吃的擔仔麵。

「擔仔麵」和「洌仔麵」都用油麵，也都用鐵製或竹製網篩煮麵，讓篩裡的麵條在滾水中又燥又洌。明顯的不同是：擔仔麵較精緻小碗，用肉臊作澆頭，有時麵上會擱一尾蝦或半個滷蛋；洌仔麵的分量稍多，用煮雞、鴨、鵝的高湯作湯底，麵上附肉片或僅簡單的豆芽和韭菜。兩者互相影響，有些洌仔麵上也擱一尾蝦，很難嚴格區別。

其實不一定要用油麵，延平北路二段的「擔仔意麵」使用意麵，風味頗佳。

擔仔麵是發源於臺南的小吃，「擔仔」閩南語是挑扁擔的意思，用扁擔挑著麵攤沿街叫賣，創始者是漁夫洪芋頭先生。

由於每年清明到中秋是颱風季節，風浪險惡，甚至連冒險出海也不能，就暫時賣麵營生，取名「度小月擔仔麵」。風平浪靜的季節，討海人出海捕魚，收入較豐，算是大月；相對於靠漁獲賺錢的大月，勉強擺攤維持生計的時候，自然是在度「小月」了。

世間許多美味竟是這般偶然。洪芋頭從一八九五年把賣麵當暫度難關的副業，如今第四代已加入企業化經營，並有肉臊工廠，專門供應店面，更製成罐頭販售，馳名海內外，其受歡迎的程度，可謂臺灣之光。

小小一碗擔仔麵，象徵了臺灣人辛勤奮鬥的核心價值。

在臺南，度小月擔仔麵又分為大房的「洪芋頭擔仔麵」和二房的「度小月擔仔麵」，兩者的麵上皆有一尾鮮蝦，並可點選滷蛋和滷貢丸。王浩一認為兩家的口感有差異，前者的分量多，湯汁也多；後者的精緻度較高，肉臊湯汁較濃醇。兩者在臺北皆有分店。

度小月成功的故事，影響所及，使最初在水仙宮附近擺攤的元素如紅燈籠、矮桌、竹凳、低灶、小爐都成為全臺許多擔仔麵的符碼，用來裝飾自家的店面。大房的女兒所創的「赤崁擔仔麵」除了繼承洪家口味，亦充滿這種懷舊況味：煮麵處的矮灶矮爐和小竹凳。此店的擔仔麵分量較一般多，麵上有一尾蝦，一個滷蛋。我則歡喜爐灶後面那堵塗鴉的牆，用粉筆寫的菜單充滿俚趣。此外諸如「好記擔仔麵」的古桌椅和古門窗，遼寧街「郭家擔仔麵」的大紅燈籠……，莫不布置古老的用餐氛圍，暗示古早的味道。

新中街「財神臺南擔仔麵」不僅坐擔的師傅端坐矮凳上料理，連用餐處也是低矮的桌椅，生意雖然好，煮麵的地方仍一直保持得很乾淨，令人激賞。此店只淋肉臊，未見鮮蝦，可見蝦、貢丸、滷蛋之屬俱是點綴，並非主角。

一碗擔仔麵大抵以蝦高湯、肉臊為主調味，加上蒜泥、黑醋、香菜、豆芽等作料；好吃的關鍵在肉臊。這種麵攤少不了一大鍋陳年滷汁，永樂市場「永樂小吃」的擔仔麵上面除了肉臊和少許芽菜，並無鮮蝦、肉片、滷蛋等配料；可就是好吃，那澆在麵上的肉臊，將那碗麵和湯提升得美妙又高尚。

「好記擔仔麵」風味絕佳，據說每天賣出兩千碗，那高湯甚為講究，乃是用五十斤草蝦熬煉出來；那鍋肉臊是用豬腳肉所製，麵上擱了一塊肉、一隻蝦。雖則澆淋了馥郁的肉臊，湯味卻顯得清爽，鮮甜，是我在臺北最歡喜的擔仔麵。缺點是麵太少，我一口氣至少都得吃掉五碗，才能稍慰飢腸。

好記充滿濃厚的臺味，和臺客幽默感，連餐巾紙亦標榜「國家要強，怕某愛雄」。所有菜色都有樣品陳列在門口，進得門來，店家先招待一小碟豆腐；豆腐泡在醬油膏裡，上面放著現磨的阿里山山葵，醬香伴著豆香，和輕淡的芥末氣息，引導味蕾進入餓鄉，風味魅人。至於「招牌豆腐」用的是芙蓉豆腐，上面撒了大量的蔥花。我常吃的還有以蔭鳳梨、豆豉煮海吳郭魚，以及埔里紹興醉蛋、招牌封肉。

華西街「臺南擔仔麵」成立於一九五八年，原先是路邊攤，賺錢後搖身變成臺南海鮮餐館，後來高雄、臺中、板橋、上海都有分店。此店很講派頭，食材高檔，店內布置得金碧輝煌，所有器皿皆為進口名牌，如英國Wedgwood和日本Elchee，店家最津津樂道的是一碗麵五十元，整套碗盤餐具卻值一萬六千元。其實來客多不是為了擔仔麵，而是昂貴的餐飲；從前我供職於《中國時報》，報社長官常在此宴請重要客人。然則我最歡喜的，還是袖珍得只能當餐後點心的擔仔麵，常讓我想起編《人間》副刊近十五年的生涯，和許許多多文壇的往事。

——選自《味道福爾摩沙》，二魚文化出版

〈燦爛食光〉 文／林黛嫚

不知道為什麼，當旁人向我道喜時，我一點喜悅的感覺也沒有。這是不尋常也是不應當的。和阿杰交往多年，每一個階段都備受祝福，可說在原該荊棘滿布的愛情路上穩健地走過來的。

真的，日子近了，我的一顆心卻彷彿進了死胡同，孤單站在那兒，高牆遮斷陽光，陰森而微帶臊味，著禮服、蹬高跟鞋的我不知所措，是繼續獨自啃嚙淒楚無助，等新郎來救，或是掀高裙襬自己闖回頭路？

今天按照說好的時間回到家，和別人約時間，我喜歡「偷」個五分鐘、十分鐘早到，享受那種彷彿撿到了的竊竊自喜，以及好整以暇看著後到的人一點點慌亂的情緒。不過今天這招不管用，父親早說了得晚一點。冬還沒去遠，黃昏的黑暗過深夜，我捻亮每一間屋的燈，把黑暗的恐懼整個趕到外頭，讓它們結群去嚇晚歸人。屋子一亮，映襯著心底的那窪沉鬱更顯明了。

持起鍋鏟，倒油入鍋讓它爆爆響著。父親在桌上備好一色色食材，等我把它們變成一頓晚餐。數一數，有六道。過年才用的細瓷碗和同花色的瓷杯擱在桌沿，我小心地挪近桌央，因為我曾經摔過三個碗、兩個杯子、一個大碗及咖啡器的玻璃上座。父親常在我下廚時聽見哐啷的鍋盤掉落，或是鏘地清脆的破裂聲，他不會出來探看，穩穩地坐在躺椅上，兀自看他的報紙。只有那次，我摔破心愛的煮咖啡器，攤在眼前那碎得幾乎消失的玻璃，以及泡湯了的一餐咖啡，我不禁嗚嗚大哭。他慌忙跑出來，甚至忘了擋住紗門，任它碰起一大響，然後迭聲安慰我，「破了就算了，再買就有了。」

我收住淚，用有氣無處發的聲音說：「百貨公司才有賣，南投這小地方，你到哪買！」一派嘲他無知的語氣。滿地碎屑還是他掃乾淨的。

我這樣的粗枝大葉，怎麼為人媳婦呢？空心菜在熱油蓬起的一大叢白煙中翻兩下便盛起，父親說的，空心菜要炒得色澤嬌嫩翠綠，不過它涼了後葉片表面會結一層油漬，我總是忘了青菜最後才炒。

接著我要煎魚。

小時候父親是很有威嚴的，除了大姊，或是躲不掉的話，誰也不敢跟他多說。記得最清楚，有一個月，我只對他說過一句話：「書法簿四元。」他抓起褲袋中幾個零角塞到我手裡便算完事。他以為有多，其實只有三元五角，我不敢再要，跑去向大姊哭著討五角。升國中後輪我煮飯，但我只會炒簡單的青菜，碰到要煎魚，總磨蹭到父親不注意，去央二姊幫忙。一次被撞見了，他吼我一句：「長這麼大，魚都不會煎！」惹得我眼紅了，水光在眼眶裡滴溜溜轉，然而那淚滴畢竟不敢滑落。

時間的天平像蹺蹺板，原本父親在高高那頭，而我們在低處，然後形勢慢慢逆轉，嚴父漸趨平和，甚至成為嬌寵女兒的慈父。在我們短暫只有父女倆共同生活的一段日子，魚都是他煎的，他怕我燙到。我會在幾天豬肉、牛肉替換著之後，說一句：「想吃魚？去買啊！」不僅煎魚，像剁雞肉、削結子菜、長年菜、醃菜心等都是他的工作。

魚在油鍋中淋淋撈起，為了煎熟它，我放多了油，倒像在炸魚。父親為何會在這個節骨眼擺一條魚讓我煎呢？是要我練習？要我體會主事的難？或是不讓我這在娘家的最後一餐輕鬆打發呢？也許他在提醒我他的煎魚歲月，也許他要讓煎魚挪走我一些悲戚的情緒，往後煎魚給我吃的人再也不是他了。

在我發愣的當頭，剛起鍋的魚停止皮下滲油的冒動，漸漸冷卻硬掉，原本金亮的魚皮，也變成滲冷起皺的土黃，看起來勾引不出一點想食的欲望。我嘆了一口氣，繼續做菜。

我把筍片放在一鍋水中沉浮，再把魷魚芹菜一塊兒在大火中炒幾下，直到平扁的魷魚片捲成一團便罷手，不再理會餘下的菜，往日那種整治好珍餚後的倦怠感又盤據心頭，我根本不想張嘴來迎接食物，這些盡夠兩個人吃了，又何必製造剩菜的麻煩？

母親還在的時候，家中的剩菜剩飯都倒在餿水桶中，有養豬戶來收取，後來那個養豬戶不來了，她說我家的餿水不油，豬不吃。是啊，那時能倒在裡頭的不過是稀飯、洗米水或是配菜的佐料，罕少的魚、肉每餐皆刮得乾淨，剩下湯汁拌飯餵貓狗，盤子給狗舔得似洗過，哪有食餘可入餿桶？只好把殘羹往垃圾桶、水溝倒。在母親享福不到的歲月裡，殘餚隨著經濟好轉變豐盛，有時剩得太多，倒的人心驚肉跳，怕遭雷劈更怕挨父親罵，管事的人知道物力維艱啊！

電鍋嗒的一聲，提醒我飯煮好了。我看著這個用了好多年的十人份大電鍋，跟父親提過換了吧，他總是搖頭，「還可以用啊！」姊妹們嫁的嫁，外出求學或是謀職，接著也是要嫁人啊，他知道的，這個電鍋不過是維繫住他渴盼兒孫承歡膝下的心願。我既然了解便不再勸他，但他年紀漸長吃得少，我照顧身材不願多吃米飯，這個電鍋製造了不少剩飯。他會在我洗罷碗後，把殘餚拿去餵狗以及倒掉，他也許以為自己年紀大了，便是遭雷劈也不算枉死。只是雷公看到他那髮白、背駝和手腳上靜脈嚴重曲張的模樣，可還忍苛責？

飯菜都上桌後，父親回來了，接續起我不打算完成的工作，尤其是一盤蔥薑乾炒雞肉，一會兒工夫已在室內漫起濃重的香味。

父親應該皺眉的，我弄了多麼糟的一餐飯，他應該只動那盤雞肉的，但它擺在我前面，也慢慢冷了，和其他菜一樣不美味了。我突然迅速挾一塊，父親以為要給他，把碗閃開，我卻放進嘴裡，好苦，一股冷腥味，嚼得急了嗆到，猛烈咳嗽起來，眼淚、鼻涕都下來了。他盛一碗湯放在旁邊，繼續慢條斯理地扒飯。

那口雞肉下肚，卻化成無數憂心忡忡，他有心臟病，要是哪天發作了沒人照料（其實向來也不是我在照料）？他的朋友愛灌他酒，去年才因而住院的身體禁不起過量，沒人替他擋酒（從來那擋酒的人也不是我）？誰幫他洗衣服（有洗衣機）？誰陪他看新聞（鄰居阿伯、父親以前的同事）？誰幫他挑日片錄影帶（本來是我但將來父親要自己挑）？誰去夜市買洪榮宏的錄音帶（算了，舊帶子將就聽）？誰、誰、誰……這些問題一個比一個可怕，我自問自答想得都驚起一身冷汗。

「我不要嫁了！」真的，我是那樣堅定地、孤注一擲地、很大聲地吼出來。

然後我和他一起笑了。剛喝的酒在這一陣翻攪之後化成汗，紅潤逐漸漫散，我有點餓了，開始吃剩下的菜，邊吃邊叨唸。

「天啊，這麼難吃。」

「太鹹了。」

「肉這麼硬！」

唯一倖免的是使我嗆到的那盤雞肉。如是，我竟然把菜全部吃光。父親誇張得把眼睜得、嘴張得都像個O形，說：「妳這麼會吃，還好嫁掉了，要不然老爸被妳吃垮！」我們又笑了。笑得很開心。

飯畢，先前的問號、愁結又回到心上，但那是躲不掉且終會解決的，父親有七個女兒，每嫁一個女兒，都要這麼折騰，那得有多麼強壯的一顆心！

我能做的，就是盡我可能，記得和父親共度的那些燦爛食光。

四、讀書心得與評論

華人社會的父母大多想知道孩子的未來，因而經常追問志向、志願或志業，而學校的老師們則常想了解學生閱讀文章或書籍之後，心中的理解、獲得與感受，讀書心得就常是必要的功課。尤其現在社群網站盛行，我們想表達的事，可以不必放在抽屜（或電腦文件匣）裡孤芳自賞，也不要把老師交付的事當成功課。讀書之後，將一己之得整理出來，無論是和朋友分享，抑或只是梳理個人思緒，都是一件極有意義的事。

讀書心得的寫作，在體例上十分自由，內容也可以關照細節，不管是個人心境的起伏共鳴、不同意見的臧否或真心領會的收穫，都可以寫出來。因著內容的不同，形式上，既可議論，也可抒情，即使只是眉批式的隻言短句也無妨。

既言「心得」，當然以個人的心領神會為主，一般多以閱讀後所蒙受的啟發為重點，如果是批評，多半也不必太過講求專業規格，能把自己的想法說清楚即可。但若是針對單篇文章或一本書加以評論，那就得減少個人心情的描述，而把紛雜隨興的想法整理清楚，也就是不但要知其然，還要知其所以然，並且把這所以然化為自己的文字，讓讀者清楚原作要表達的意旨，以及閱讀之後的情思與識見。

所謂書評是對於新出版的圖書加以批判和評價，而發表在報紙或雜誌者。發表在雜誌或報紙，是因為大眾傳播工具有公信力，能讓閱讀者信服與接受。上世紀一九八〇、九〇年代，雜誌和報紙等平面媒體發達的年代，許多專業書評版面如《中國時報‧開卷》、《聯合報‧讀書人》確實發揮了在書海中發掘好書，讓愛書人可以按評論追索好書的功能。當然，隨著網路科技及出版業的進化，書評的載體有了變化，形式也越來越多元，加上專業書評版面式微，寫作書評不再必須考慮是否有媒體刊登，書評寫作的自由度也就更高了。

總之書評的寫法既自由又多元，我們可以寫「介紹型書評」，著力於介紹書的內容，將書內各章節、段落依次說明，而批評較少；或是「論述型書評」，將全書內容融會貫通，了然於心之後，再將你所認為的作者想法全盤托出，並加以評論得失；也可以只是「感想型書評」，即讀後感，每個人都有自己獨特的閱讀視角，表達得好，往往能引發讀者興趣，而想一睹原作；如果行有餘力，也可以寫「比較型書評」，把同類性質的書一本或多本找出來加以互相比較優劣，藉此襯托出你要評論那本書的價值。

或許有人認為現在的書評，即便是由評論家或新聞工作者所撰寫的文章，也大多是介紹書的內容以及發表個人閱讀的感受，頂多只是書介，談不上書評。現在因為科技發達改變人際關係，人與人之間實近猶遠，想說真話，多一點批評又何妨；不想得罪人，著力於優點處更可以引起讀者共鳴。我覺得不管是書介或書評、不管是感想或比較，只要有想法，能激起讀者對你所介紹的書的閱讀興趣，都算是成功的書寫。

下面這篇發表於《聯合報・副刊》，介紹華文作家嚴歌苓作品的書評，從題目〈奔放與收束〉就可看出是對《陸犯焉識》這部作品的評價，起手式從嚴歌苓的早期作品開始書寫，也表明這篇書評不只是寫《陸犯焉識》，而預告這是一篇介紹型、論述型、感想型，也是比較型的書評，只不過比較對象是作者的其他作品。結尾點出「從〈老囚〉到《陸犯焉識》，我們看到了一位作家的代表作是如何形成的」，更是直指本書可能是作者迄今為止的代表作。

書評完成之後，和其他寫作不同的是，會面臨許多異同意見的檢驗，譬如也有論者認為嚴歌苓雖然已經盡力呈現一個小人物在大時代的挾持之下如飄蓬般轉徙的命運，但對造成此一命運的覆雨翻雲手卻批判得不夠，如蔡朝陽在〈《陸犯焉識》：嚴歌苓並不適宜寫此題材〉一文中所論：「如果我們不追問陸焉識以及更多陸焉識這樣的舊知識分子悲劇命運的根源，那麼，這個小說的意義何在？」

書評人人可寫，也許是認同，也許是挑戰，眾人心有慼慼固然有覓得知音的喜悅，如果意見相左，何妨莞爾一笑。

〈奔放與收束——讀嚴歌苓《陸犯焉識》〉 文／林黛嫚

讀嚴歌苓早期的作品，如《草鞋權貴》或《少女小漁》，她的小說語言固然也有刺中人心的亮眼文字，如「小漁笑得很沒有想法」，或是「她拿眼講剩下的半句話：你剛才不也是嗎？像受毒刑；像我有飯卻餓著你。」大致上這階段的作品敘事明朗，調度生活細節及敘寫人物性格也都有跡可循。但在《陸犯焉識》中卻採用一種「主觀且自由」的敘述視角，忽而是自知觀點的孫女描寫祖父，忽而是全知視角的俯視，並且極其細膩地展示了一個時代的滄桑變化，書出之後，大陸出版界譽為嚴歌苓「顛覆性轉型之作」。

這部作品並不是嚴歌苓第一次寫家族史，一九九六年在《中央副刊》刊出的短篇小說〈老囚〉正是《陸犯焉識》的原型。小說裡的主人公「姥爺」是個被宣判死刑後又減刑出獄的政治犯，小說一開始是「我」和媽媽去火車站接獲得自由的「姥爺」，但是他們因為分別太久彼此隔閡，難以相認。「這是她堅持我陪她來的原因：我叫了一聲『姥爺』便省了她叫『爸』。姥爺哭了一下，媽也哭了一下，這場合不哭多不近情理。」

〈老囚〉中的姥爺到了《陸犯焉識》，被嚴歌苓視為「最艱難的一次創作」，雖然仍然是藉由孫女的觀察寫祖父的一生，但規模更為龐大，以家族為載體，呈現那個年代知識分子飽受戕害的肉體磨難和悲慘的個人及群體命運。

原先獨白式的寫法到了這部厚重達四十萬字的作品中，卻呈現了奔放與收束交融的藝術高度，展現嚴歌苓行雲流水的寫作風格。

奔放之處，如寫陸焉識行賄管理人員冒著葬身雪地和狼口的危險去看一場女兒主演的科教電影，其中寫被狼襲而巧妙脫身一段，寫實而靈異；又如嚴歌苓寫馮婉喻，傾盡筆力把她祖母的原型，送進當代文學最令人難忘的女性形象殿堂，婉喻眼神裡所濃縮的專屬於深閨女子的那一瞥目光，在陸犯被禁錮時照亮他的靈魂，讓這位曾經的公子哥兒，明白了什麼是真正的愛情；再如書中那位恩娘，不管是二〇年代哭功厲害的年輕寡婦，或是陸焉識學成歸來夾在年輕夫妻中間的超大電燈泡，或是一九三六年終於看穿她的心頭肉陸焉識是個沒用場的人，任何一個階段都令人印象深刻，嚴歌苓把一個傳統中國婆婆寫得淋漓盡致。

至於收束，大範圍揮灑西北勞改營的慘酷生活之外，嚴歌苓甚至還有些幽默，比如寫鄧指，「鄧指是個沒什麼笑容的人，好多年不笑，這一會兒就笑了兩次，笑超額了」，把掌權的高幹和卑微的犯人之間微妙的權利關係幽默呈現，笑中帶淚。再如全書末段寫陸焉識回到上海的處境，「這個家裡的一個正常現象就是，誰都差不動的時候，老阿爺總是可以差」，比起前段寫加工，寫蟹黃蟹肉，寫盲書，這樣的敷寫真是夠淡了。

祖父傳奇的一生固然為嚴歌苓提供無可取代的寫作題材，但從〈老囚〉到《陸犯焉識》，我們看到了一位作家的代表作是如何形成的。

〈旅人與家常的對話——讀黃雅歆《東京暫停》〉 文／林黛嫚

臺灣籠罩在食安風暴中已經持續一段時間了，有影響力的文化人都忍不住要出來大聲疾呼，臺灣被消費文化給毀了，因為社會大眾只在乎飲食、旅遊等小確幸，缺乏深度思辨，因此當食安問題浮上檯面，整個社會便被颳得東倒西歪。談黃雅歆的新著《東京暫停》為什麼要從食安風暴談起呢？

隨著經濟結構的穩定，人們在工作之餘開始重視休閒活動的參與，旅行、飲食的發達與講究正是文明進化的一環，旅人要能充分接受異文化的震盪、衝擊，並進一步彰顯內在的意義和價值，於是以寫作文類來說，從「遊記」跨入「文學」門檻，這種省思是必經之路。

臺灣旅行文學的發展從一九八〇年代以前單純「到此一遊」的觀光活動，一九九〇年代起，開始注重內在精神層面的提升，而以兩大航空公司與主流文學媒體合作舉辦的「旅行文學獎」達到高峰，亦宣告著旅行文學此一文類的成熟。然而進入二十一世紀後，臺灣整體政經環境的變化，衝擊著純文學的發展，所謂「小確幸」之類的旅行與飲食書寫充斥著出版市場，在這樣的文化氛圍中，閱讀《東京暫停》，更加感受到旅行文學中「文學」質素之必要。

本書是作者參與日本大學短期研究計畫，而在東京停留一段時光所思所感的書寫，初看此書不免讓人聯想起前輩（或師輩）林文月先生之《京都一年》，那本書是林先生一九七〇年遊學日本京都十個月間創作的散文作品，讓《京都一年》成為旅行文學經典的主要原因是那扎實優美的文風，由於林先生深諳日本語言、文化，加上長時居留，讓她得以深入古都的多種層面，而且文字雍容和節制。細究當然看出這是兩本各有所長的書，除了時間點與書寫地點的不同，更大的差異則是《東京暫停》由於經歷日本三一一大地震的重大事件，使得本書更多了一些時代的厚度與文化的深度。

本書分為兩個部分，卷一：裂縫，寫三一一地震發生後，發生在作者及身旁的友人身上難以察知的變化，藉由作者敏銳的感受，鋪陳出日本社會幽微的文化氛圍；卷二：朝顏，一樣是作者暫居東京期間的經歷，抽離了身歷其境的地震災變，多了些旅人過客的心情，卻也使讀者能從「暫停」的情緒中脫身，而觀照煥發新生的一天。

由於作者不是走馬看花式的遊覽，而是深入日本人的生活家常，所以有一般旅遊書不會出現的篇章，如〈晒衣服〉一文，原本在陽臺晾晒衣物是日本家庭的傳統價值，但三一一之後，主婦們不再晾衣服了，由於幅射汙染，「看不見晒衣服的社區陽臺，讓我感到有點寂寞」，正因有這樣的體會，當看到衣物重新出現在社區陽臺時，那種「彷彿負載了多少內心的創傷才又重新獲得的味道」是多麼彌足珍貴。

〈公民館與D女士〉寫作者在公民館練習日語會話遇見的一些日本婦人，而從繳不繳NHK收視費用一事，作者意識到「國性」與「個別性」的問題，學習不要以整體印象為個別人事下結論，當與公民館的D女士在災後匆匆一晤時，作者的按語更是引人深思，「經歷過的人會知道，沒有什麼比在災難過後，還能站在相同的地方，遇見相同的人更好的事了」。

〈單人用餐〉、〈個室的美味〉寫的都是日本社會獨特的生活密碼，這個社會表面上非常靠近，但內心卻愈想疏離，單邊座位、個室所營造的用餐空間顯示出大家都想有個屬於自己、不被干擾的空間。

正因作者是位善思的學者，有許多觀察深刻到近乎尖銳，如〈安靜〉一文寫災變後在各個場所，日本人總是安安靜靜排隊，完全沒有臺式風格的高亢聲量，而這種「怕麻煩和避免麻煩別人」的另一面，也顯示著「請你也不要麻煩我」的有禮的冷漢，所以如果一個弱女子拖著沉重行李上下電梯，不會有人伸出援手，因為看見別人的狠狽是無禮的；同樣的觀察也出現在〈家庭餐廳〉，幼兒的吵鬧出現在非家庭餐廳時，長者理直氣壯教訓那位無法控制幼兒哭鬧的母親，無關同情心，而是公私領域分明的思維，只有在家庭餐廳裡，小孩嬉鬧行為才是可被接受的。

另一個讓本書彰顯出旅人與家常的對話的價值，在於作者除了浮面的觀察之外，也有另一層深沉意涵埋藏在冰山之下，譬如〈寶寶之路〉寫的是作者在搭機時觸探到的一個特殊事件，機上寶寶哭鬧不休，原來帶小孩要從日本回中國的老人並非寶寶的親人，大約是在日本生活的中國夫妻沒有能力照養小孩，於是付錢託人把小孩帶回給中國的家人撫育。寶寶之路充滿未知，但作者也寓示出日本居大不易，異人在這兒生活諸多艱難，犧牲親情只是其一。

這當然是一本暫停東京的見聞錄，卻是讓讀者邊看邊思辨，在心中與作者、與日本文化對話的旅行文學。一切如常，一切並不如常，東京如此，臺北也如此，暫停如此，居留也如此。

前面一篇〈奔放與收束〉比較接近「論述型書評」，把嚴歌苓這位作者的許多作品融會貫通，了然於心之後，再將評者所認為的作者想法全盤托出，並加以評論得失；而這篇《東京暫停》的書評，正好可以拿來對照其他書評的類型，先從原書作者旅居東京的緣由說起，談到旅行文學的特色，然後說明全書分為兩個部分：裂縫與朝顏，正是所謂的「介紹型書評」；最後兩段著力於介紹書的內容，而批評較少，可以算是「感想型書評」，寫出「我這個讀者」獨特的閱讀視角；此外，把此書拿來和林文月的《京都一年》相互參看，可以說是「比較型書評」，藉由另一本書襯托出評者最欣賞那本書的價值。

或感想、或介紹、或論評、或比較，書評（或說讀書心得）的寫法可以詳盡，可以感性，也可以自由隨興，重要的是召喚作者與讀者，藉由書評，一起飽覽浩瀚書海。

附錄

延伸閱讀

1.王鼎鈞：《文學種籽》，臺北：爾雅出版社，2003.7
2.王鼎鈞：《作文十九問》，臺北：爾雅出版社，2007.2
3.吳宏一：《作文課十五講》，臺北：遠流出版社，2011.9
4.林黛嫚、許榮哲：《神探作文》，臺北：三民書局，2014.5
5.林黛嫚：《多夢的人生——培養青少年的抒情力》，臺北：幼獅文化，2011.4
6.林黛嫚：《從傾城到黃昏——培養青少年的敘事力》，臺北，幼獅文化，2011.4
7.林黛嫚：《移動的夢想——給下一輪少年的備忘錄》，臺北，木蘭文化，2018.2
8.約翰・加德納：《大師的小說強迫症》，臺北：麥田，2016.4
9.張大春：《文章自在》，臺北：新經典文化，2016.4
10.張春榮：《文學創作的途徑》，臺北，爾雅，2003.7

11. 張春榮：《修辭新思維》，臺北，萬卷樓，2002.9
12. 蕭水順：《台灣現代文選：散文卷》，臺北：三民書局，2006.5
13. 韓秀：《翻動書頁的聲音》，臺北：幼獅文化，2017.2

國家圖書館出版品預行編目資料

寫作的美學與技藝 / 林黛嫚著. -- 初版.
-- 臺北市 : 幼獅, 2018.09
面； 公分. -- (工具書館) ; 14

ISBN 978-986-449-123-0(平裝)
1.寫作法

811.1 107012910

工具書館014

寫作的美學與技藝

作　　者＝林黛嫚
封面設計＝裴蕙琴
出 版 者＝幼獅文化事業股份有限公司
發 行 人＝李鍾桂
總 經 理＝王華金
總 編 輯＝劉淑華
副總編輯＝林碧琪
主　　編＝林泊瑜
編　　輯＝朱燕翔
美術編輯＝李祥銘
總 公 司＝10045臺北市重慶南路1段66-1號3樓
電　　話＝(02)2311-2832
傳　　真＝(02)2311-5368
郵政劃撥＝00033368

印　刷＝崇寶彩藝印刷股份有限公司
定　價＝280元
港　幣＝93元
初　版＝2018.09
書　號＝988150

幼獅樂讀網
http://www.youth.com.tw
e-mail:customer@youth.com.tw
幼獅購物網
http://shopping.youth.com.tw/

行政院新聞局核准登記證局版臺業字第0143號